Herbert Urlaub

Die Suche nach meiner Schwester

Roman

Impressum:
© 2020 Herbert Urlaub
Design Umschlag: Marc Urlaub

Verlag und Druck:
tredition GmbH, Halenreie 40-44, 22359 Hamburg
ISBN: 978-3-347-04050-2 (Paperback)
978-3-347-04051-9 (Hardcover)
978-3-347-04052-6 (e-Book)

Bibliografische Information der Deutschen Nationalbibliothek: Die Deutsche Nationalbibliothek verzeichnet diese Publikation in der Deutschen Nationalbibliografie; detaillierte bibliografische Daten sind im Internet über http://dnb.d-nb.de abrufbar.

Danksagung

Ein besonderer Dank für die Entstehung dieses Buches gebührt meiner lieben Frau Elke Annemarie, die mit Geduld, Ermutigung und Zustimmung alle meine, wie sie sagt, auch manchmal merkwürdigen, Projekte unterstützt. Dank auch dafür, dass sie beim Korrekturlesen geholfen hat, meine durch lange Auslandsaufenthalte in die Jahre gekommene Sprache zu entrümpeln.

Vorwort

Die Handlung dieses Romans ist frei erfunden. Auch die Personen in diesem Roman existieren nicht wirklich. Orts- und Straßennamen sind jedoch authentisch. Auch die aufgeführten Musikstücke, deren Komponisten und Interpreten gibt es wirklich, aber die Anmerkungen dazu stellen meine persönliche Meinung dar.

Wir erwarteten Gäste, die wir zum Abendessen eingeladen hatten und kochten für sie. Das heißt, Haris kochte und sie stand meistens am Herd, wenn wir Gäste hatten, die unseren engeren Bekannten oder Freunde zählten. Mit letzteren treffen wir oft zusammen, um uns etwas Leckeres und manchmal Ausgefallenes gemeinsam zuzubereiten, auch weil unsere besten Freunde nicht gut kochen konnten oder wollten. Alltags kochte ich eigentlich meistens, während Haris den restlichen Haushalt machte, das heißt aber nicht, dass ich ihr nicht beim Sauberhalten der Wohnung half. Scheuern der Keramik im Bad war mir nicht unangenehm. Einkaufen gingen wir eigentlich fast immer zusammen, wenn möglich und weil es einfach mehr Spaß machte. Ich könnte mich stundenlang in den großen Supermärkten aufhalten, ohne etwas zu kaufen. Aber bevor wir einkaufen gehen, fragt Haris schon einmal, was wir benötigen, und wo ich hingehen, beziehungsweise hinfahren möchte. Wenn ich ihr dann sagte, dass ich mich vom Angebot inspirieren lassen wollte, bekam ich schon ironische Bemerkungen zu hören, wie: „Mein Gott, es geht schon wieder Tomaten anschauen!" Eigentlich richtig böse konnte ich ihr dann nicht sein, weil ich doch schon ein wenig dazu neigte, mich in den Märkten gänzlich beim Betrachten der Warenregale und der verschiedenen angebotenen Produkte zu vertrödeln. Manches Mal konnte ich mich kaum losreißen von, wenn nicht gerade exotischer, so doch nicht in unserer Region gängigen Gemüsearten. Inzwischen hatte ich mir angewöhnt, dass was ich glaubte im Haushalt zu benötigen, auf einem Einkaufzettel zu vermerken – leider vergaß ich oft im Geschäft, dass ich ja einen Zettel dabei hatte, oder ich hatte ihn zu Hause liegen gelassen. Und dann kam es wie es kommen musste, einige wichtige Dinge, die wir brauchten, hatte ich dann nicht eingekauft, weil ich schlichtweg vergessen hatte, entweder meinen Einkaufszettel einzustecken oder ihn einfach nicht gelesen hatte. Es kam auch leider ab und zu vor, dass meine liebe Frau nach dem Einräumen meiner Einkäufe Redundanz einiger Artikel im Schrank feststellte. Man kann sich leicht vorstellen, was ‚Mann' von ‚Frau' zu hören bekommt, wenn sich letztlich herausstellt, dass etwas Wichtiges, ihrer Meinung nach, fehlt, dafür weniger wichtige Waren unnötigerweise mehrfach eingekauft wurden.

Wenn dann Gäste aus dem Freundeskreis kamen, wurde gezeigt, was wir konnten, bzw. was wir glaubten, was sie nicht überall bekommen könnten. Dann koche Haris und ich half ihr beim Schnibbeln des Gemüses oder beim Schneiden des Fleisches.

Wie schon gesagt, wir erwarteten Gäste, und in dem Moment, als ich ihnen die Wohnungstür öffnete, um sie einzulassen, ahnte ich nicht, welche Geschichte der gemeinsame Abend in mir wachrufen würde.

Meine liebe Frau hatte alle Hände voll zu tun mit der Vorbereitung des Abendessens, zu dem wir unsere neuen Freunde, Gerda und Jochen, eingeladen hatten. Eine sehr nette Bekanntschaft, die wir ein paar Monate zuvor in einem Möbelhaus gemacht hatten. Sie waren uns beim komplizierten Verladen eines Regals behilflich gewesen, und so kamen wir ins Gespräch.

Es folgten gelegentliche Treffen, verabredet oder unverhofft, manchmal auf einen kleinen Happen in einem Gasthaus ganz in der Nähe oder auf einen Cocktail in einer Bar. Wir lernten den Internisten und seine Sprechstundenhilfe ziemlich schnell gut kennen. So war die

Bekanntschaft zusehends gereift, und meine Frau meinte, es sei Zeit für eine erste Einladung zu uns nach Hause.

Das Kochen für Freunde war uns stets eine Freude, und meist zauberten wir etwas Italienisches auf den Tisch. Heute jedoch stand griechische Küche auf dem Programm. Die Düfte aus der Küche waren unbeschreiblich verlockend.

Wir haben nur wenige Verwandte und die Kontakte zu ihnen sind eigentlich nicht sehr intensiv. Auch haben wir durch wiederholte Umzüge Freunde verloren, was an den großen Entfernungen zwischen ihren und unserem Wohnort liegen mag. So lange man sich noch regelmäßig sieht, gibt es mit der persönlichen Kommunikation keine Probleme. Da kann man auch schon einmal unangemeldet irgendwo bei irgendwem reinschneien. Mit der Entfernung leidet die Kommunikation und das Telefon kann persönliche Kontakte, Mangels der Übertragung von Körpersprache, nicht ersetzten. Jahrelange Erfahrung lehrt, dass die Anzahl der persönlichen Kontakte proportional mit der Zunahme der Entfernung abnimmt. Umsomehr freute uns, dass wir nun wieder zu einem angenehmen Paar freundschaftliche Beziehungen haben.

Er, Jochen, ist eine sehr stattliche Erscheinung und etwas grösser als ich, und wie ich äußerlich beurteilen konnte, auf jeden Fall wesentlich besser im Schuss als ich. Sein noch volles Haar, braun und kein Schimmer von grau, hing ihm bis fast auf die Schultern und bedeckte die Ohren. Nicht unattraktiv! Ein ebenso dunkler Dreitagebart ließ sofort seine wasserhellen grünen Augen auffallen. Braune, modische Cordjeans, schwarzer Rollkragenpullover und braune Sportschuhe aus

Wildleder rundeten die gefällige Erscheinung ab. Es ist doch nur natürlich, wenn ich als Mann auch seine Frau bemerkte, da sie halb im Wagen gebeugt wohl dabei war, ihre Einkäufe zu verstauen. Was ich jedoch jetzt schon sofort mit Anerkennung sah und mir mit Vergnügen anschaute, war eine straffe graue verwaschen Jeans, die ihre vollendete Figur akzentuierte, bevor ihr Blondschopf zum Vorschein kam, als sie aus dem Wagen heraus kam. Haris holte mich auf den Boden der Tatsachen zurück, indem sie mich anfauchte, ob ich noch etwas anderes im Kopf hätte, als fremden Frauen auf den Hintern zu schauen. So hatten wir uns also kennen gelernt.

Ich öffnete die Tür und da standen sie, Jochen mit einem großen bunten Blumenstrauß und einen Schritt dahinter Gerda mit einer Flasche Wein in der Hand: „ Hallo, einen schönen guten Abend Gerd, dürfen wir reinkommen?" Da war es wieder dieses strahlende selbstbewusste Lächeln eines Mannes, mit einer Persönlichkeit, die in sich ruht. Ein Mensch, der nicht vorgeben muss, dass er wichtig ist. Vielleicht ist es diese eine, besondere Charaktereigenschaft, die uns gleich von Jochen eingenommen hat. Er strahlt Selbstvertrauen aus und lässt andere merken, dass sie ihm auch wichtig sein könnten, wenn sie denn wollten, ohne prätentiös zu sein.

„Ach wir dumm von mir, ja natürlich, tretet doch bitte ein!", sagte ich, als ich mich gefasst hatte, „guten Abend, schön Euch zu sehen."
„Wo ist denn die Dame des Hauses? Mein Gott, es duftet ja herrlich hier! Hoffentlich ist das für uns!", sprudelte Gerda heraus als sie und Jochen eintraten.

„Kommt herein und legt ab", lud ich unsere Gäste ein und führte sie in unser Wohn– und Esszimmer, „macht es euch bequem. Kann ich euch etwas zum Trinken anbieten? Wir hätten da Wein, roten oder weißen, oder einen Gin–Tonic? Ich komme gleich zu euch, stelle nur schnell die Blumen ins Wasser."

„Gerd schenke unseren Gästen etwas zu trinken ein, bitte", hörte ich Haris aus dem, an das Wohnzimmer angrenzenden Küchenbereich rufen, der vom restlichen Raum durch eine Art Theke abgetrennt war.

„Bin gerade dabei, agapi mou, muss aber erst herausfinden, was unsere Gäste möchten", antwortete ich zurück. Unsere Gäste lachten. Gerda fragt, ob wir uns immer durch Zurufen unterhielten.

„ Natürlich nicht", meinte ich, „nur wenn wir durch Gäste daran gehindert werden, zusammen zu glucken!"

„Hast du was zu mir gesagt?", kam es von Haris aus der Küche. Wir prusteten alle heraus vor Lachen. Harris kam aus der Küche um den Tresen herum zu uns. „Also gibt es was zu trinken?" fragte sie mich.

„Geduld mein Herz, wollte gerade die Blumen ins Wasser stellen!"

„Lass mich das machen, Dummerchen! Kümmere dich lieber um die Getränke."

„Lieber dumm als hässlich", entgegnete ich, „also meine Lieben, was darf es sein?", und erntete zunächst, bevor ich eine Antwort auf meine Frage bekam, einen Lacher von unseren Gästen.

„Ich nehme einen Cremant", bestimmte Harris.
„Da schließen wir uns an", sagten unsere Gäste wie aus einem Mund.

Ich machte mich daran, Gläser aus dem Schrank zu holen und auf den Tisch zu stellen. Aus der Küche brachte ich eine Flasche Cremant aus dem Elsass, die ich auf dem Weg zurück zu unseren Gästen öffnete, was mir ohne dass der Korken knallte, gelang. Ich schenkte ein und Harris gesellte sich auch wieder zu uns. Zunächst reichte ich den beiden Damen, dann Jochen ein Glass. Nachdem ich mein Glass erhoben hatte, dankte ich unseren Gästen für ihr Kommen und hieß sie im Namen unserer Familie recht herzlich willkommen.

„Es scheint ja ein schöner Abend zu werden, wenn ihr jetzt schon so fröhlich seid", meinte Jochen.

„Kommt, wir setzen uns und können ja bei den Vorspeisen ein bisschen plaudern", forderte ich unsere Gäste auf.

„Ja", macht es euch bitte gemütlich, „ich bringe euch in ein paar Minuten etwas, um den Appetit anzuregen", fügte Haris hinzu und ging zurück zur Küche.

Während wir darauf warteten, dass Haris zurückkehrte, fragte Gerda, was es denn zu Essen gäbe, das da so köstlich roch. Bevor ich antworten konnte, kam Haris schon wieder mit einer Platte mit kleinen Vorspeisen zurück, die sie selber zubereitet hatte. Haris, die Gerdas Frage gehört hatte, erklärte, dass es Lammkeule aus dem Backofen mit Rosmarinkartoffeln und Pilzen an Olivenöl–Zitronensaft Sauce gebe.

Da wir passionierte Pilzsammler sind, nehmen wir unsere selbst gesammelten Pilze für die Zubereitung. Haris war die ersten Male etwas irritiert, wenn ich ihr im August oder September vorschlug, nach kühleren aber feucht–warmen Nächten zu versuchen, Pilze sammeln zu gehen. Sie war es von zuhause nur gewohnt, auf dem Markt, im Supermarkt oder manchmal im Delikatessengeschäft Waldpilze zu kaufen. Sie erzählte, dass sie manchmal frische Steinpilze, aber meist getrocknete Steinpilze zu kaufen bekamen. Die gängigste Verwendung dieser Pilze war in Saucen oder auch als Vorspeise. Die Küche, die sie von zuhause kannte, verwendete durchaus Pasta, aber selten in der Form italienischer Pasta Gerichte, letztere lernte sie erst zusammen mit mir schätzen.

Heute hat mein Schatz nach griechischer Art eine ganze Reihe warmer und kalter Vorspeisen vorbereitet, wie ich sie auch schätzen gelernt habe und gerne esse. Da sind gebratene gelbe und rote Spitzpaprika, die nach dem Anrichten mit einem guten Essig beträufelt werden; weiße große Bohnen in Tomatensauce mit einem Hauch Minze, Auberginenmus, Tarama, selbst süß–sauer eingelegte Peperoni aus unserem Terrassengarten und gekochte, kalte Octopustücke mit Zitrone beträufelt. Unsere Gäste ließen es sich schmecken und waren ob der Speisen und auch der Weine voll des Lobes. Wir hatten zur

Vorspeise einen einfachen aber kräftigen Assyrtiko von Constantin Lazaridi aus Adriani und zum Lamm einen Refosco von Mercouri auf dem Peloponnes gereicht. Ich darf das ja einfach einmal behaupten, obwohl ich kein großer Weinkenner bin, und immer noch gerne ein schönes Bier trinke, dass der Refosco–Rotwein mit zu den leckersten Rotweinen gehört, die ich je gekostet habe. Diese Weine waren übrigens ein Geschenk von Haris Cousin Alexandre. Unsere und der Gäste Laune stieg während des Essens, war bestens und es machte sich eine gelöste Stimmung breit – sicherlich auch wegen des Weingenusses.

Im Verlaufe des Essens erzählen wir uns gegenseitig, wie lang man sich schon kannte oder verheiratet war, wo wir uns jeweils kennen und lieben gelernt hatten. Also das Übliche, wenn man noch nicht allzu viel voneinander weiß, kaum die Lebensumstände der Gesprächspartner kennt, man aber eine Unterhaltung im Gange halten möchte. Es ist ja schwierig Themen zu finden, die gemeinsam interessieren, wenn man nicht sehr intensiv und nicht sehr oft mit einander verkehrt.

Nachdem unsere Gäste und besonders Haris ein schönes Kompliment wegen ihres fehlerfreien und nahezu akzentfreien Deutsch gemacht hatten, fragte Gerda direkt ob Haris vielleicht in Deutschland studiert habe oder gar, wie sie sagte: „ Mit allem nötigen Respekt, nicht dass ihr denkt, dass ich Vorurteile hätte, ganz im Gegenteil, aber bist du hier als Kind von Migranten hier in Deutschland oder der Schweiz aufgewachsen?"

Haris entgegnete sofort, dass sie in Griechenland in einem Vorort von Athen geboren und aufgewachsen war. Sie sei mitnichten das Kind von Migranten, sondern sie sei stolz darauf, Mitglied einer alt eingesessenen und angesehenen Familie Athens zu sein. Dann schaute sie mich an, ich nickte ihr zu und sie fuhr fort, dass wir uns auch dort in Athen kennen gelernt hatten. Für Gerda schien damit ihr Bedarf an weiteren Informationen erschöpft, aber Jochen fragte nach, wieso und wie wir uns in Griechenland getroffen hatten. Haris schaute mich wieder an und dieses Mal nickte ich ihr wieder ermutigend zu. Zunächst bemerkte Haris, dass wir uns in Griechenland kennen gelernt hatten, weil ich gerade in Griechenland in Athen war und wir uns dort begegnet waren. Aber sie fuhr fort, dass sie einer weiteren Frage bezüglich des Grundes meines Besuches in Griechenland vorgreifen wollte. Sie begann schließlich damit, dass sie zunächst um Geduld bäte, wenn sie nicht alle Details erwähnen könnte, da es eine sehr lange Geschichte sei: „Mein Mann war auf der Suche nach Bekannten und eventuell entfernten Verwandten seines Vaters in Athen. Bei gemeinsamen Bekannten meiner Schwester Sotiria und von mir haben wir uns schließlich zufällig gesehen. Vielleicht war es ja auch Schicksal." Haris schaute mich lachend an und fuhr dann mit ihrem Bericht fort: „Wir mussten uns unter einander, das heißt Gerd, unsere Bekannten, meine Schwester und ich, in einem wilden Kauderwelsch aus Deutsch, Englisch und Griechisch unterhalten. Ich fand ihn amüsant und charmant, wie er versuchte, sich manchmal mit seiner Kenntnis des Altgriechischen verständlich zu machen. Er benutzte ein teilweise veraltetes Vokabular, aber auf jeden Fall hatte er eine komische Aussprache. Es war eine nette Begegnung, aber ich dachte noch nicht gleich nachher daran, um ein Wiedersehen zu bitten. Das

13

ergab sich dann eigentlich auch wieder beinahe zufällig, ein paar Tage später. Also etwas nach dieser zweiten Begegnung, meine Schwester hatte ja Gerd zuerst kennen gelernt, eingeladen und mich ihm dann bei uns zu Hause richtig vorgestellt."

„Hahaha gut gebrüllt Löwe", dachte ich und fragte mich, was ihr als nächstes einfiele, es war nachgerade elegant, wie sie diese Episode aus der Vergangenheit darstellt, denn sie entsprach nicht völlig der Wahrheit."

Wir hatten unser Essen fast schon beendet, als die Wohnzimmertüre aufgerissen wurde und die Kinder hereinstürmten. Sie kamen zu unserem Tisch, standen hinter Haris Stuhl und zappelten ein wenig herum. Indes dreht sich Haris zu den Kindern hin und strich Eleni die Haare aus dem Gesicht. Darf ich vorstellen: „ Unsere Tochter Eleni 11 Jahre alt und unser Großer, Giorgos, nun beinahe 9 Jahre alt." Giorgos schlang seinen Arm um Haris Hals und drückte ihr einen Kuss so auf die Wange, dass es schmatzte. Haris lachte und fuhr fort: „Unsere Lieblinge sind nach ihren Großeltern benannt. Wie ihr vielleicht wisst, ist es eine griechische Tradition, Kinder nach den Großeltern zu nennen, zumindest die Erstgeborenen. Das ist ja in vielen Kulturen üblich, selbst bei uns in Europa, und denkt einmal an die Muslims, bei denen der erstgeborene Bub meist Muhammed genannt wird."

„Entschuldigen Sie bitte Haris", unterbrach Gerda Haris Erklärungen, „aber die Kinder, wie soll ich sagen, und ich möchte auch nicht unhöflich sein, ähneln euch nicht im Geringsten. Sie scheinen wohl im Extrem auf die Großeltern heraus zu kommen!"

Haris ließ ihr glockenhelles Lachen erklingen, das ich so an ihr liebte: „Nein sie sehen nicht wie wir aus, aber sie sind waschechte Griechen."

„Wie sollen wir diesen Widerspruch verstehen? Sie, liebe Haris, sind doch auch selber eine echte Griechin!"

„Na ja einige meiner Ahnen haben wohl das Erbgut mitgebracht, so dass ich ein bisschen weniger dunkles Haar und hellere Augen bekommen habe, als die Gene zwischen meinen Eltern gemixt wurden", dabei gluckste sie förmlich und grinste mich an und fuhr dann fort: „Vielleicht aber auch möglich, dass in unserer Familie jemand ein Verhältnis mit einem Mitteleuropäer gehabt hatte." Sie prustet los über ihren Witz und musste sich richtiggehend den Bauch vor Lachen halten. Als sie sich beruhigt hatte, fuhr sie fort: „Nun im Ernst, dass Griechen wie Südländer aussehen, bzw. in vielen Fällen Menschen aus der Türkei ähneln, hat doch mit dem Bevölkerungsaustausch und den Wanderbewegungen in ganz Europa über viele Jahrhunderte zu tun. Auch der, von den Garantiemächten erzwungene Bevölkerungsaustausch nach dem Krieg zwischen der Türkei und Griechenland, hatte ja zu einer großen Einwanderungswelle von Menschen aus Kleinasien geführt, die dort fast drei Jahrtausende gelebt hatten. Also ihr seht, das Aussehen vieler Griechen entspricht nicht immer dem Klischee von einem Südeuropäer! Nun, um eure Frage zu beantworten, wie wir diese beiden hübschen jungen Menschen bekommen haben", dabei lachte

Haris in Richtung der Kinder. „Es war vielleicht beinahe ein Glücksfall, wenn die Umstände nicht so tragisch gewesen wären, dass wir dann doch noch Kinder bekamen – durch Adoption. Wir haben die Kinder vor fünf Jahren, nach einem schrecklichen und tödlichen Unfall meiner Schwester Sotiria und ihres Mannes, adoptiert. Es war sonst niemand mehr da, der sie hätte aufnehmen können. Da ich zumindest von Eleni die Patentante bin, war es eigentlich für mich klar, dass ich mein Patentamt wahrnehmen musste. Mein lieber Mann hier", Haris nahm meine Hand, sah mich mit diesem Monalisa–Lächelblick an, der wie ich glaubte, immer nur mir galt, drückt meine Hand und fuhr fort, „war sofort einverstanden und machte gleich Pläne, was er alles mit den Kindern anstellen wollte. Sie wuchsen ihm schnell ans Herz und   – es war wohl auch schnell Liebe auf Gegenseitigkeit. Mit Mühe konnte ich ihn davon abbringen gleich, so zu sagen als Willkommensgeschenke Fahrräder zu kaufen. Ich fand das sofort ein klein bisschen albern, da wir doch gar nicht wissen konnten, ob sie sich überhaupt Fahrräder wünschten."

Gerda sah nochmals zwischen den Kindern und Haris hin und her: „Entschuldigen Sie bitte meine Liebe, meine natürlich auch Sie Gerd, ich möchte wirklich nicht indiskret sein, aber haben sie sich nie eigene Kinder gewünscht?"

„Ach, auch das ist eine lange Geschichte. Wir hatten uns eigentlich immer Kinder gewünscht, konnten aber keine eigenen haben. Wir wollten vielleicht schon, aber es sollte nicht sein." Wieder hatte sie elegant die Wahrheit gesagt, ohne die ganzen tatsächlichen Gründe für unsere Kinderlosigkeit offen zu legen. Sie fuhr abschließend fort:

„Können wir es dabei bitte bewenden lassen, bitte? Es ist sicherlich nicht immer leicht für Paare, wenn sie sich Kinder wünschen und keine bekommen. Wir haben jedenfalls Kinder, die wir von ganzen Herzen lieben!"

„Ich wollte ihnen bestimmt nicht zu nahe treten. Entschuldigen Sie, es war schon eine sehr intime Frage!", beeilte sich Gerda fest zu stellen.

„Nein das ist schon in Ordnung. Diese Dinge darf man ruhig ansprechen, wenn man unter Freunden ist. Und Sie?", entgegnete Haris, „ haben sie Kinder?

„ Ja, sie sind jetzt schon fast erwachsen. Rosemarie ist 18 Jahre alt und hat gerade begonnen Design zu studieren. Wir haben sie nicht davon abbringen können. Alle Argumente, dass das eine brotlose Kunst sei, wenn man nicht wirklich künstlerisch begabt ist, haben nicht gefruchtet."

„Und, ist sie künstlerisch begabt?", fragte ich nach.
Jetzt war es an Jochen, herzlich zu lachen: „ Sie ist so begabt, wie unsere Putzfrau, die auf den Spiegeln nach dem Putzen Schlieren hinterlässt!"

„Du bist gemein", warf Gerda ein, „sie hat schon ein wenig zeichnerisches Talent."

„Unser Sohn ist jetzt 16 Jahre und geht ins Gymnasium", fuhr Jochen fort, „er ist Gott sei Dank recht vernünftig und will Biochemie studieren."

„Das ist doch tatsächlich sehr vernünftig und bietet viele Möglichkeiten für ein berufliches Fortkommen, insbesondere da Biochemie nicht nur in der Pharmazie sondern auch in der Lebensmittelbranche und Meeresbiologie eine wichtige Aufgabe hat und eine nicht zu unterschätzende Rolle bei der Entwickelung für Ressourcen in der Zukunft spielt", gab ich zu Bedenken.

„Und was ist mit ihren Beiden? Haben die schon Vorstellungen, was ihnen werden soll?", sagte Jochen, „ich weiß sie sind noch jung, aber ich kann mir denken, dass es für sie nicht einfach war, hier zu uns ins Land zu kommen. Ich kann mir auch lebhaft vorstellen, dass sie von irgendwelchen Idioten für die Kinder von Wirtschaftsflüchtlingen oder Gastarbeitern gehalten werden. Letzteres sage ich mit aller Vorsicht, aber auch mit Respekt vor den Menschen, die geholfen haben, unseren Wohlstand mit aufzubauen. Aber lassen Sie uns, wenn es ihnen Recht ist, darauf zurück kommen, wo wir stehen geblieben waren – Ihre Reise nach Griechenland, um Freunde und Bekannte ihres Herrn Vaters zu finden? Das klingt spannend!"

Jetzt war es an mir, den Erzählfaden aufzunehmen. Also ging ich ein wenig in die Vergangenheit zurück, um den Grund für meine Reise nach Griechenland zu erklären. Im Folgenden ließ ich die Erinnerung an die Nachforschungen nach meiner und Haris gemeinsamen Schicksal noch einmal aufleben, wenn auch nur für unsere Gäste, wobei ich wohlweislich einige Fakten fortließ, von denen ich annahm, dass sie Außenstehende nichts angingen. Ebenso verschwieg ich, wie und auf welche Weise Haris und ich letztlich und im Detail zusammen gekommen waren. Ich erzählte ihnen eine Geschichte von einem zufälligen Zusammentreffen von mir mit Haris, ihrer Schwester, Mutter und einigen ihrer Bekannten. Die beschwerliche Suche nach den Bekannten des Vaters und schließlich die glückliche Fügung, die Liebe meines Lebens gefunden zu haben. Unsere Gäste waren zufrieden und wir verbrachten noch zusammen einen schönen und anregenden Abend, wobei sicherlich auch Haris Kochkünste und der hervorragende Wein mit beigetragen hatten.

Mich bewegte die Geschichte innerlich immer noch, als wir schließlich unsere Gäste verabschiedet hatten, die Kinder in ihrem Zimmer friedlich schliefen und Haris und ich auch endlich, nach dem Aufräumen, zu Bett gehen konnten. Haris schlief schon, während ich noch hellwach lag. Bevor ich einschlief, zogen noch einmal viele Bilder dessen, was ich in meinen Erzählungen fortgelassen hatte, vor meinem geistigen Auge vorbei. Meine Gedanken wanderten zurück in die Vergangenheit zu einer Geschichte, wie sie gewiß nicht sehr oft vorkommt. Sie bewegt mich emotional immer noch so sehr, daß ich nicht einschlafen konnte......

*

Ich erinnerte mich, dass mein Vater Leukämie hatte und wiederholt länger in ein Koma gefallen war, das dann manchmal schon 1 Woche oder auch nur 2 bis 3 Tage dauerte. In einem der wenigen wachen Augenblicke hatte er mir viele Begebenheiten auch aus seiner

Vergangenheit, die im wichtig schienen, erzählt. Da waren dann aber für mich auch etwas beunruhigende Dinge, die er vorbrachte. Insgesamt waren seine Erzählungen ein wenig verwirrend, und ich hatte den Eindruck, dass er entweder Erinnerungslücken an seine Abenteuer in der Vergangenheit hatte, oder er aber nicht mit der ganzen Wahrheit herausrücken wollte. Immer wieder schweifte er ab und berichtete Belangloses, wie etwa seine erste Probefahrt mit einem BMW. Es war aber ja auch gut möglich, dass der Eindruck, den ich gewinnen konnte, seiner Krankheit und seinem komatösen Zustand geschuldet war. Er befand sich leider insgesamt in einem bedauernswerten Zustand. Ich habe mich oft gefragt, in wie weit er sich selber bewusst war, wie ernst es um ihn stand. Ihn selber zu fragen, hatte ich mich nicht getraut.

Vater sprach auch immer wieder von dem Verlust zweier Söhne durch Unfall und schwere Krankheit und wie schwer es gewesen war, jedes Mal den Schmerz zu verarbeiten. Auch von seinen Brüdern, die er verloren hatte sprach er. Ich fand diese Unterhaltungen indes immer ein wenig morbid. Aber er sagte auch so kryptische Dinge wie, es gäbe Hoffnung und dass nicht alles verloren sei. Was sollte ich mit solchen Bemerkungen anfangen? Eines aber sollte ich wohl seinen Berichten entnehmen: ich hatte vielleicht zwei oder aber mindestens eine Halbschwester.

Einer der Namen, die in diesem Zusammenhang fiel, war Ingeborg. Ein schöner Name, ein Deutscher Name. Unabhängig von der Möglichkeit, von einem bis dahin nicht bekannten Familienzuwachs zu hören, hatte ich versäumt, ebenso wie auch meinen Grossvater, als er noch lebte, die Fragen zu stellen, die ich ihnen hätte als Zeitzeugen der grössten Umwälzungen und Ungeheuerlichkeiten der jüngsten Geschichte , ja fragen müssen. ‚Fragen sollen´ wäre adäquater gewesen, da ich mich heute oft ärgere, dass ich es nicht tat.

Jetzt im Alter bin ich stolz auf meinen Grossvater, hätte aber doch so gerne mehr aus seinem Munde über seine bewegte Vergangenheit erfahren. Vater war verstorben und ich brauchte ein paar Wochen, um, wie man so schön sagt, Trauerarbeit zu leisten. In den ersten Tagen war mir sein Fehlen in meinem Leben nicht unmittelbar bewusst geworden und ich hatte mich bei meiner Tagesplanung öfter dabei ertappt, mir einen Besuch bei meinem Vater in der Klinik vorzunehmen. Ähnlich war es mir nach dem Tod meiner Mutter ergangen, die ich mit einem Bruder abwechselnd über fast drei Jahre in Kliniken besucht hatte. Ich habe Jahre gebraucht, um richtig um sie trauern zu können. In vielen Stunden hatte ich darüber meditiert, wie es denn überhaupt geschehen kann, dass einem der Verlust einer geliebten Person scheinbar nicht nahegeht. Ich habe einfach keinen Verlust empfunden, das heißt, ich hatte mich geweigert, mich mental den unausweichlichen Tatsachen des vollständigen Verlustes zu stellen. Meine Schlussfolgerungen waren immer die gleichen bezüglich was in einem vorgeht, wenn man einen nahestehenden und geliebten Menschen verliert. Zunächst einmal wäre da der Schmerz über den Verlust an sich einerseits und eine Art von Selbstmitleid, dass man etwas fort genommen bekommen hat! Dem kann man sich stellen oder verweigern. Der Verlust wird dann richtig deutlich, wenn man an die Person, die man geliebt hat und die nicht mehr physisch bei einem sein kann, nicht mehr oder nur noch wenig denkt. Wenn ein Mensch aus der Erinnerung verschwindet, glaube ich, erst dann ist diese Person richtig tot. Wird einem dann irgendwann plötzlich bewusst, dass man seit geraumer Zeit dabei war, einen Menschen, mit dem man eng verbunden war, in die Vergessenheit zu schicken, kommt entweder ein Gefühl der Reue oder der Gleichgültigkeit auf. Das schlimmste aber, womit ich nicht umgehen kann, ist mit der Betroffenheit derer, die nicht wie ich direkt betroffen sind, wenn ich einen Verlust hatte oder erkrankt war.

Eines Morgens als ich im Bad nach dem Aufstehen vor dem Spiegel stand, fiel mir auf, dass ich alt wurde. Auch mein Kurzhaarschnitt sah plötzlich nicht mehr schick oder modern aus, sondern ist eine wenig elegante Art zu kaschieren, dass auch an einigen Stellen die Haare nicht mehr so dicht stehen, dünner sind und wohl auch ausgehen. Ich hatte eigentlich immer gehofft, auf meinen Grossvater heraus zu kommen, der noch mit 95 Jahren alle Haare auf dem Kopf und noch seine eigenen Zähne hatte. Was für ein Unterschied zu mir, meinen Brüdern und Vater. Auch mein Morgenkaffee, eine wichtige Begebenheit nach dem Aufstehen, konnte mich nach diesen Einsichten nicht mehr aufheitern.

Ich versuche einfach einige Gedanken und Erinnerungen zu ordnen. Natürlich ist mir bewusst, dass man Ereignisse rückwirkend nicht ändern kann, aber es ist doch gerechtfertigt, manches Mal darüber nach zu denken, was hätte anders geschehen können, wenn man sich in Situationen, die man sich in Erinnerung ruft, anders verhalten hätte. Vielleicht schweife ich mit meinen philosophischen Exkursen ab, aber ein Leben ist doch auch ein wenig mit einem grossen Bahnhof zu vergleichen, mit vielen Weichen, die Züge vorherbestimmte Richtungen einschlagen lasse. Ist das in der Tat so und könnte es sein, dass die Richtung, die ein Leben nimmt, vorher bestimmt war? Daran glaube ich eher nicht!

Vielmehr hat man an einer Stelle des Lebens eine Richtung eingeschlagen, und manches Mal hätte man auch eine andere Richtung wählen können. Im Gegensatz zu Max Frisch in „Mein Name sei Gantenbein", wo in der Vorstellungswelt Biografien und Identitäten sich verändern, mag ich mir nicht vorstellen, was wann und wie anders sein könnte. Zurückschauen möchte ich – und dann und wann die Frage stellen, warum ich etwas getan habe oder auch nicht.

Ist es eigentlich eine Frage des Alters, gegebenenfalls auch der gemachten und gesammelten Erfahrungen geschuldet, dass man all die Fragen, die nicht gestellt wurden und die einem nun durch den Kopf gehen, hat retrospektiv fragen mögen. Hatte man es nicht gewagt oder hatte man sich nicht dafür interessiert?

Nach meines Vaters Tod, hatte ich geglaubt, wird reiner Tisch gemacht, wird Licht ins Dunkel gebracht – jedenfalls hatte ich mir das vorgenommen. Als ich den Entschluss gefasst hatte, meine Nachforschungen zu beginnen, konnte ich noch nicht im Geringsten ahnen, dass ich irgendwann später ein Teil meiner Prinzipien, die bis dahin mein Leben bestimmt hatten, über Bord werfen würde.

Zu diesem Zeitpunkt war mir außerdem noch nicht bewusst geworden, welchen Einfluss oder Wirkung denn meine Nachforschungen auf das Leben der Personen haben könnte, die ich treffen und befragen wollte. Dies wurde mir erst viel später klar, als ich schließlich tiefer in die Lebensgeschichte Vaters, und der mit ihm schicksalhaft verbundenen Personen, eingedrungen war. Auch hatte ich mich nie gefragt, warum denn die Personen, die einen solchen Einfluss auf Vater gehabt und sein Leben in eine bestimmte Richtung gelenkt hatten, sich nicht meldeten. Hatten sie denn eigentlich kein Verlangen danach Aufklärung und Gewissheit über ihr Schicksal verbunden mit dem meines Vaters zu erlangen? Man muss sich doch wirklich immer fragen, wenn man allgemein plötzlich den dringenden Wunsch verspürt, jemanden nach längerer Zeit sehen oder besuchen zu wollen, warum die in Frage kommende Person sich noch nicht gemeldet hat?

Nun, die Freunde meines Vaters aus längst vergangenen Zeiten, wie es schien, hielten ja bis zu ihrem eigenen Tod noch den Kontakt zu ihm aufrecht. Auch sein griechischer Freund war ihm zeitlebens verbunden geblieben.

Da war nun also diese Geschichte mit vielleicht einer Frau oder eines Mädchens Namens Ingeborg. Meine Brüder und ich hatten sie flüchtig bei einer Familienfeier kennen gelernt. Sie saß zwischen uns Brüdern, und erst bei der Betrachtung der Bilder, die wir an jenem Abend aufgenommen hatten, fiel uns die verblüffende Ähnlichkeit dieser Frau Ingeborg, wie ihr Name war, mir uns Brüdern auf. Ich gestehe, dass ich zunächst an mir keinerlei emotionale Gefühle verspürte, diese Person war mir schlichtweg gleichgültig.

*

Bis nach Berlin war ich gekommen, um meine ganz private Familienforschung voran zu bringen. Der Besuch hatte nicht viel gebracht, und an Vaters letzter Geliebten in der ehemaligen Hauptstadt der DDR bin ich gescheitert. Sie redete mich stets mit dem Namen meines Vaters an und zeigte mir ein Bild, auf dem Sie mit meinem Vater zu sehen war. Sie halb liegend in oder noch halb sitzend in einem riesigen Sessel und er, mein schmucker Vater in Sportkleidung, sitzt auf der Sofalehne und lächelt mit verschleiertem Blick in die wahrscheinlich mit Selbstauslöser betätigte Linse. War dies eine Aufnahme, die nach oder vor der Zeugung einer meiner anderen Schwester gemacht wurde?

Jedenfalls fragt sie mich, wobei sie mich immer noch mit dem Namen meines Vaters anredete, wo denn die Aufnahme gemacht worden sei. Mir fiel nichts Besseres ein als zu antworten, dass sie es ja besser wissen müsste als ich. Ich glaubte aus ihrer Replik eine leichte Verärgerung heraushören zu können: „Warum sagst du so etwas? Hatten wir denn nicht eine gute und aufregende Zeit miteinander?" Immerhin zeigte sie mir etwas später das Bild ihrer Tochter, dass mir keine neue Erkenntnis brachte, da ich ein viel schöneres von ihr hatte. Letztlich hatte ich hier in Berlin, bei der möglichen ehemaligen Geliebten meines Vaters, keine sicheren Beweise für die Existenz einer Halbschwester gefunden.

Sollte ich einfach aufgeben? Wo soll ich nun weiter suchen?

Ich erinnerte mich an den Namen eines Freundes meines Vaters, den er oft erwähnt hatte. Sie waren wohl zusammen oft von den gleichen

Fliegerhorsten geflogen. Er war nach dem Krieg in sein Heimatdorf in Bayern zurückgekehrt um den elterlichen Hof und das damit verbundene Hotel zu übernehmen. Als ich den Ort im Telefonverzeichnis ausfindig gemacht hatte, musste ich mit Erschrecken feststellen, dass wohl die Hälfte der Einwohner des Dorfes den gleichen Vor– und Nachnamen hatte, wenn auch in abweichender Schreibweise.

Ich rief also der Reihe nach bei den gleichklingenden oder abgekürzten Namen an. Schließlich nach dem sechsten oder siebten Versuch bekam ich einen, glaube ich, relativ jungen Mann, der Stimme nach zu urteilen, an den Apparat, der mir, nachdem er den Grund meines Anrufes erfahren hatte, mitteilte, dass sich hinter dem Namen wohl sein Vater verberge, der ihm den gleichen Namen vererbt hatte. Er warnte mich, dass das Erinnerungsvermögen seines Vaters wohl über die Jahre gelitten hatte und ich beim Befragen sehr viel Geduld aufbringen müsste. Endlich hatte ich den Herrn am Telefon und unsere Unterhaltung war ein wenig schleppend, nicht weil der ältere Herr Erinnerungslücken hatte, sondern weil ich immer wieder nachfragen musste, da ich seinen schweren bayrischen Dialekt kaum verstand.

Und er erwähnte wieder den Namen der Frau, die mein Vater damals mit uns in Athen besucht hatte. Er gab mir den Hinweis, dass mein Vater mit eben dieser Frau eine wohl leidenschaftliche Liebesbeziehung in Athen gehabt hatte. Ich erinnerte mich daran, wie er sie damals besucht hatte.

Wir waren in den Urlaub bzw. während unserer Schulferien nach Griechenland gefahren. Man bedenke 1961 mit dem Auto von Dortmund nach Athen! Das sind heute immer noch mehr als 2.600 Km und damals fast 3.000 km. Theoretisch kann man die Strecke in 35 Stunden zurücklegen, wie wir später mit zwei BMW Limousinen nachgewiesen haben, die im Abstand von zwei Tagen mit jeweils zwei Fahrern, die sich ablösten, die Strecke abfuhren. Damit wurde übrigens ein Rekord zweier Journalisten eingestellt, die von Köln gestartet waren.

Für uns bedeutete das damals eine strapaziöse Fahrt von fast einer Woche. Aber wir haben viel unterwegs gesehen, was heute unwiederbringlich verschwunden ist. Südlich Belgrads war Schluss mit der Autobahn oder Autoput, wie sie damals genannt wurde. Es ging auf zweispurigen Landstrassen hunderte Kilometer geradeaus nach Süden. Dörfer oder Städte konnte man kilometerweit riechen – entweder weil sie Braunkohle verbrannten oder weil die ganze Gegend intensiv nach Kappus/Kohl roch. Weiter südlich Pristina mussten wir sogar mit dem Borgward meines Vaters, ein tolles Auto seinerzeit, durch Bachläufe fahren, da die Strasse verschwunden oder fortgewaschen worden war. 1961 lag das Kriegsende gerade einmal 16 Jahre zurück. Das sind einige Jahre zu wenig, um vergessen zu können, und das sind zugleich zu viele Jahre, in denen man Erinnerungen nachgehangen hat. Zu viele Jahre auch des ungestillten Verlangens nach einer einst geliebten Person. Im Nachhinein realistisch gesehen muss ich annehmen, dass es das war, was meinen Vater getrieben hatte, uns diesen, in jeglicher Hinsicht erlebnisreichen Urlaub, ermöglicht hatte.

Spontan fällt mir eine kleine Begebenheit auf dieser Reise ein, die ja ewig lange zurückliegt, jedoch irgendwie frische Bilder in meiner Erinnerung hinterlassen hat. In dieser Situation, und den begleitenden Gegebenheiten hatte ich, wie auch meine Brüder die anwesend waren, versäumt eine Frage zu stellen. Der, der mir hätte eine Antwort geben sollen und sicherlich konnte, lebte nicht mehr – mein Vater.

Auf diese Frage und die ausgeblieben Antwort möchte ich gern im Folgenden zurückkommen. Als nämlich mein Vater zielsicher die Gegend und das Haus, in dem Eleni lebte ansteuerte, musste er doch vorher die Adresse in Erfahrung gebracht haben. Hatte er vielleicht sogar mit ihr telefoniert? Nachdem wir in dieser staubigen Gegend angekommen waren, bedeutete unser Vater uns im Auto zu warten, während er kurz eine alte Bekannte besuchen wollte. Es werde nicht sehr lange dauern. Tatsache ist, dass wir eine gute Stunde in der Gluthitze, ringsherum kein Baum und kein Schatten, im Auto warteten. Schliesslich kam unser Vater zurück und schaute sich nach einem Fenster im ersten Stock um. Eine Gardine wurde etwas zur Seite geschoben. Hinter der nur leicht zurück geschlagenen Gardine stand eine in Schwarz gekleidete Frau und neben ihr war der Kopf eines jungen Mädchens zu sehen, vielleicht in meinem Alter damals, mit Haare schwarz wie die ihrer Mutter.

Vater brachte uns Kuchen von seiner Bekannten mit. Auf die Frage meines Bruders, wer denn das Mädchen war, das auch er gesehen hatte, kam nach einer kleinen Pause die Antwort, dass sie eine der beiden Töchter seiner Bekannten sei. Hier ist der Punkt, an dem man hätte nachfragen und weiterbohren müssen!

*

Ich war auf der Suche nach meiner Schwester Roúla oder Chariklia oder Sotiria, aber vielleicht sollte ich mir eingestehen, dass ich auf der Suche nach einer meiner Schwestern bin. Ich bin mir nicht gänzlich sicher, welche meine Schwester ist, weil meines Vaters Angaben leider sehr lückenhaft, oder besser gesagt, unpräzise waren. Es mag durchaus sein, dass sein Wissen um den Namen seiner Tochter gleicher Massen nebelhaft, altersgetrübt, von Vergessen oder Missverstehen bestimmt war. Ich glaubte, aus dem Gehörten auf eine Frau namens Roúla schließen zu müssen.

Ich habe es natürlich im Internet recherchiert und fand heraus, dass die Kurzform oder der Rufname einer Chariklia im Griechischen oft sowohl Haroúla und manchmal Haris ist, aber eben nicht immer. Oh mein Gott, wie soll ich das verstehen? Eine Charoúla kann schon mal durchaus auch nur eine Roúla sein. Eine Sotiria wird aber auch Sotiroúla oder ebenfalls Roúla gerufen. Es gilt also herauszufinden, ob es sich um zwei Schwestern, wie sich später herausstellen sollte, von denen eine meine sein könnte, handelt, oder eben nur um eine Person.

Aber ich greife ja der Geschichte vor! Gleichgültig ob zwei oder eine Schwester, von denen eine meine ist, die ich beschlossen hatte. gern zu haben. Ich war mir sicher; ich würde sie finden!

Ich musste mich auf diese Reise nach Athen, vielleicht auch nach weiteren Städten in Griechenland, gut vorbereiten, sonst würde es eine Geschichte mit offenem Ende. Spätestens an diesem Punkt hätte ich mich fragen müssen, ob denn dieser ganze Plan nicht nutzlos wie meine Reise und Recherchen in Berlin enden könnten. Was ich noch nicht ahnte, als ich mit der Planung und Durchführung dieser Reise fortfuhr, war, dass das Ergebnis dieser meiner Bemühungen zu dem wahrscheinlich größten Einschnitt in meinem Leben führte. Nicht in beruflicher und finanzieller Art, jedoch in ethischer und moralischer Weise. Diese Reise würde zu einer Herausforderung für alle meine moralischen Wertevorstellungen werden und doch aber zugleich zu einer bis dahin für mich unvorstellbaren Bereicherung meines Lebens mit Zufriedenheit werden.

Im Nachhinein habe ich mich natürlich auch immer wieder gefragt, warum ich denn so verrückt danach war, nach Athen zu reisen. Wahr ist, dass ich seit meiner Jugend graecophil war, das will sagen, dass ich die Kultur mit Musik, Essen und Lebensweise einfach sehr schön fand bzw. immer noch schön finde. Wenn ich griechische Musik höre, berührt sie mich auf wundersame Weise. Ich gebe zu, dass ich mir schon aus dem Internet Texte zu Gesangsvorträgen heruntergeladen habe, natürlich auch die deutschen Übersetzungen, damit ich verstand, um was es sich handelte, und dann den griechischen Text mitgesungen habe. Manchmal hat es mich der Maßen berührt, dass ich plötzlich feststellen musste, dass mir Tränen die Wangen herunter liefen. Wer darüber lacht, dass es albern sei, sollte sich einmal an die eigene Nase fassen, denn da gibt es sicherlich genügend Spielraum für andere, sich lustig zu machen! Ich glaube nicht, dass griechische Musik generell sehr emotional ist, aber bei der Art von Musik, die ich mag, die ich liebe, handelt es sich um Vertonungen von zeitgenössischen

Dichtungen, deren Texte gebildete Griechen im Allgemeinen kennen, wie bei uns inzwischen selten genug jemand Schillers Glocke kennt.

Ich schweife ab, aber auch Schubert hat ja viele Gedichte, die zu seiner Zeit in aller Munde und bekannt waren, in wundervoller Weise vertont, so dass sie breiten Schichten der Bevölkerung zugänglich waren, und in einer Zeit, als es noch keine IPods und so weiter gab, durch gedruckte Notenblätter verbreitet und auch gesungen wurden.

Zunächst schaue ich mir die Stadt auf einem Stadtplan an, den ich in einer Buchhandlung gekauft hatte. Mit dem Lesen der zumeist griechisch geschriebenen Straßennamen habe ich ja keine Probleme. Ich werde mir ein Hotel in der Stadtmitte suchen. An einer Stelle der Stadt mit einer guten Infrastruktur, also Bus– und U–Bahnverbindungen, aber auch Restaurants. Vielleicht gelingt es mir ja auch, mich an den Ortsteil zu erinnern, an dem wir damals die Verwandten des Freundes meines Vaters gefunden hatten und bei denen wir übernachten durften. Und vielleicht gibt es noch jemanden, der sich an uns oder sogar an mich erinnern kann. Vielleicht, vielleicht sollte ich mir eingestehen, dass es gegebenenfalls zu viele Unabwägbarkeiten für mein Vorhaben gab.

Ich kam in Athen kurz vor Mittag an. In der Ankunftshalle ist es nicht viel anders als anderswo. Ein fürchterliches Gewusel von Touristen und Geschäftsreisenden, die man leicht an ihrem Gehabe unterscheiden kann. Die Touristen stehen mit ihren noch leeren Gepäckwagen, sich gegenseitig behindernd, direkt am Gepäckband, so als ob sie dadurch ihr Gepäck schneller bekämen. Die

Geschäftsreisenden warten ruhig und zum Teil entspannt in einem gewissen Abstand vom Gepäckband. Durch die Türen zur Flughafenhalle, die sich jedes Mal, wenn jemand den Gepäckbereich verlässt, kann man Angehörige, wohl Freunde und Taxichauffeure teils mit Schildern, auf denen Name stehen, auf die Ankommenden warten sehen.

Ein Bild steigt vor meinem geistigen Auge auf; Ankunft in M. und ich sehe durch die Glaswand direkt hinter der Pass– und Zollkontrolle das lächelnde Gesicht eines liebenden Menschen, der dort auf mich wartet. Es ist anstrengend dieses Dauerlächeln permanent zu erwidern oder ihm auszuweichen, denn letzteres könnte ja als mangelnde Freude auf das Wiedersehen gedeutet werden.
Jedenfalls stand ich auch hier, relativ entspannt, da niemand auf mich wartete. Es war unerheblich wie schnell mein Gepäck kam, Hauptsache es kam. Zum ersten Mal seit meiner Abreise von zu Hause fragte ich mich erneut, ob es richtig ist, was ich vorhabe. Jetzt da es kaum ein Zurück gibt! Es läuft doch darauf hinaus, dass ich im Leben meines Vaters herumschnüffelte. Wenn er noch lebte, wäre es sehr indiskret und gewiss ein Vertrauensbruch.

Schließlich wurde auch mir mein Gepäck auf dem Laufband zugestellt. Am Passhäuschen schnelle Abfertigung und dann am Zoll ging ich durch die Tür mit dem grünen Zeichen. Niemand interessierte sich für mich!

Ich verließ die Ankunftshalle den Zeichen mit Bus und Zug folgend. Draußen war ein Häuschen, an dem man Fahrkarten für die

Busverbindung zur Stadt Athen kaufen konnte. Wie sollte ich in die Stadt kommen mit Bus oder U–Bahn? Zur U–Bahn hätte ich weiter laufen müssen, während der Bus direkt vor dem Terminal hielt.

Ich sagte 'Omonia' und schon hatte ich ein Ticket, dessen Aufschrift mit sagte, dass ich am Syntagma Platz in die U–Bahn umsteigen musste. Man hatte mir die Entscheidung abgenommen. Kein Problem für mich, aber für andere Touristen…?

Hätte ich gewusst, wie angenehm die Fahrt mit der U–Bahn vom Flughafen in die Stadt war, wäre ich nie in diesen Bus gestiegen. Dass da nicht noch Hühner mitreisten, war auch alles. Ohne Probleme ging die Fahrt und das Umsteigen auf die U–Bahn, die mich zu meinem Ziel bringen sollte.

Am Omoniaplatz fand ich ein schönes Hotel nicht weit von der U–Bahnstation, und auch Bushaltestellen für verschieden lokale Linien gab es da in der Nähe. Kioske und Imbissbuden gibt es rund um den Platz. Gegenüber vom Hotel ein Café mit Tischen draußen auf der Straße, und ich freute mich schon darauf, abends von dort aus „men watching" zu betreiben. Eigentlich kann man von hier aus alles zu Fuß erledigen, hatte ich dem Stadtplan und den vielen Hinweisschildern, die hier an der Einmündung der Straße auf den Platz standen, entnommen. Vielleicht wird es nicht leicht fallen, zu Fuß zu gehen. Wenn da nicht diese brütende Hitze über der Stadt läge, stellte ich mir vor, könnte es ein schöner Aufenthalt werden. Außerdem schnürt einem der dicke Smog in den Straßen die Kehle zu, so dass man entweder mit der Taxe oder dem Bus für längere Strecken fahren sollte.

Ich hatte an der Rezeption eingecheckt. Auf meine Frage in Englisch, Französisch und Deutsch bekam ich von der jungen Dame im schmucken Kostüm: „Wie Sie möchten", auf Englisch zur Antwort. Nun stehe ich auf dem Balkon meines Zimmers im sechsten Stockwerk, von dem man auf den Omoniaplatz schauen kann. Außerdem kann ich über die halbe Stadt und sogar einen Zipfel des Meeres in einiger Entfernung sehen, das sich nördlich an Piräus anschliesst. Auf der einen Seite gegenüber liegt der Likabethos. Der viel besungene Berg, auf dessen oberen Plateau sich ein klassisches Theater mit einer hervorragenden Akustik befindet, wie ich von meinen vorherigen Besuchen der Stadt wusste. Noch heute wird das Theater recht oft für alle möglichen Vor– und Aufführungen genutzt. Von oben auf dem Berg hat man einen sensationellen Blick auf die zu Füssen des Berges liegende Stadt und einen Großteil Attikas. Ob ich dieses graue Häusermeer, soweit das Auge blicken kann, schön finde, weiß ich nicht. Häusermeer ist wohl der treffendste Ausdruck für diese dicht an dicht stehenden Häusern, jedenfalls sieht es aus der Entfernung so aus, als ob sie die Hügel in Wellen herauf und herab wogten.

Ich sah vom Balkon herunter auf die Straßenkreuzung vor dem Omoniaplatz und schaute mir das Menschen– gewirr an. Wie sie hin und her rennen, ohne dass ich von hier oben eine Ordnung erkennen mag.

Von unten von der Straße stieg ein an– und abschwellendes Geräusch zu mir hoch, das ab und zu von etwas übertönt wird, das von einem der vielen Motorrollern zu kommen scheint. Vorhin noch war ich doch selber über den Platz hier zum Hotel gegangen und alles schien völlig geordnet, wenn auch ein wenig hektisch. Von hier oben konnte ich natürlich nicht erkennen, wenn die Ampeln von Rot auf Grün springen. „Das ist eine herrliche Erklärung für das Absurde", schießt es mir durch den Kopf. Wir wissen natürlich, dass die Fahrzeuge und Fußgänger in der Regel grünes Licht an der Ampel haben, wenn sie sich in Bewegung setzen, und rotes Licht, wenn sie stehen bleiben. Ein Mensch, der noch nie eine Ampel gesehen hätte, geschweige denn je in einer Großstadt war und hoch über dem Verkehr auf einem Balkon stünde, könnte sich auf alles, was da passiert keinen Reim machen. Dann gilt Albert Camus Satz aus seinem Werk „Mythos des Sisyphos" *„Das Absurde hat nur insofern einen Sinn, als man sich nicht mit ihm abfindet. "*

Unten an der Straßenecke entdeckte ich direkt neben dem Hoteleingang einen Kiosk. Einer dummen Eingebung folgend, nahm ich mir vor, hinunter zu gehen und eine Schachtel Zigaretten der Marke Papa Stratos No.1 zu kaufen, wenn es sie denn noch gab. Eigentlich rauchte ich schon seit vielen Jahren nicht mehr, aber es war meines Vaters Lieblings–Zigarettenmarke in seiner Zeit in Griechenland. Aber auch wenn wir zusammen mit ihm in Griechenland war, hatte er sie stets geraucht.

Ich entschloß mich aber zunächst, wie ich das Zimmer verließ und im Flur stand, zu versuchen, mich in eines der oberen Stockwerke zu begeben. Im Prospekt, der an der Rezeption auslag, der über das Hotel, seinen Leistungen und die Umgebung informierte, hatte ich gelesen, dass sich dort eine „Sky Bar" mit Dachterrasse befinden sollte. Vermutlich hatte man von dort einen noch schöneren Blick über die Stadt, da das Hotel selber sehr hoch gelegen war und die Nachbargebäude überragte.

Die Bar jedoch schien geschlossen, alles dunkel im Inneren– Doch als ich durch eine der grossen Fensterscheiben ins Innere schaute, sah ich eine Putzfrau beim Reinigen des Fussbodens. Ich versuchte die Tür zu öffnen und sie war nicht verschlossen. Niemand hinderte mich daran durch den leeren Gastraum zu eine der Außenterrassen zu gehen. Von der Terrasse hatte man einen herrlichen Ausblick auf die andere Seite der Stadt, obgleich nur die Sicht spektakulär war, nicht aber die Stadt ohne ihre antiken Bauwerke. Die Stadt sah von hier oben genau so grau aus wie von meinem Balkon. Allerdings konnte ich von dieser Seite des Hotels aus bemerken, dass das Häusermeer hier und da vom Grün einiger Parkanlagen unterbrochen wurde. Nichts ließt ahnen, dass sich unten in den Nebenstraßen architektonische Schmuckstücke befanden. Aber als ich weiter auf der Terrasse um die Bar herum ging, thronte plötzlich die berühmte Akropolis auf dem hoch über die Stadt aufragenden Felsen. Auch die Agora war zu sehen und wieder der Lykabetos.

Zurück in meinem Zimmer machte ich mich an meine Nachforschungen. Hier lagen zwar eine Menge dicke Telefonbücher, die ich nun konsultierte, um die diversen Adressen in Athen und Umgebung, heraus zu finden, aber die Informationen darin machten mich auch nicht sofort schlauer. Auf der Uni hatte ich Altgriechisch gelernt, dass mir zwar im Alltag wenig nutzte, aber es ermöglichte mir, fließend Griechische Texte zu lesen – also auch das Telefonbuch. Ich nahm mir drei der Telefonbücher und begab mich damit an die Rezeption. Von dem freundlichen Concierge ließ ich mir erklären, wie die Bücher aufgebaut waren und wie ich sie benutzen konnte. Wieder zurück auf dem Zimmer suche ich Eleni, Kosta, Alexandre und oder Christian Chrisantopoulos und beginne mit Athen Stadt.

Oh Gott, hier in diesem Telefonbuch stahen hunderte von Chrisantopoulos, und ich wußte noch nicht mal, wie man das richtig schrieb, mit ou vor dem l und o am Ende oder umgekehrt. Geschweige denn, dass ich das alles in angemessener Zeit studieren und lesen konnte. Und wie es außerdem schien, hießen auch noch jede Menge von denen Alexandre, Kosta, Christian, Charoúla, oder einfach Roúla und Eleni, nach denen ich ja suche. Ich schrieb mir trotzdem die Adressen und Telefonnummern von ein paar Elenis und Alexandres auf, auch in verschiedener Schreibweise, und werde sie heute Abend vom Hotel aus abtelefonieren. Alexandre sollte eigentlich gut Englisch und Deutsch sprechen, soweit hatte ich das noch in Erinnerung.

Ich brach den Versuch ab, über das Telefonbuch an Elenis oder Giorgos Adresse zu kommen. Nur einmal waren wir mit dem Auto zu Giorgos Wohnung gefahren, nachdem wir über seinen Bruder seine Adresse erfahren hatten. Wenn es mir richtig erinnerlich war, hieß der Bruder Christian.

Unweit des Syntagma Platzes, hatte Giorgos Bruder gewohnt, soweit konnte ich mich erinnern und hoffte, die Straße und Wohnung wiedererkennen zu können. Also marschierte ich in Richtung Meat Square Kolonaki, denn zwischen Syntagma und Kolonaki hatte die Familie des Bruders ein Haus in einer Nebenstraße besessen. Witzigerweise konnte ich den Eingang zu dem Haus nicht erkennen, da die Sicht auf das selbige durch eine hohe Hecke von Lorbeer und Mispeln versperrt war, aber das Nachbarhaus zur Rechten hatte sich nicht verändert – immer noch standen zwei Löwenstatuen links und rechts eines geschmiedeten Eingangstores, das mit Lanzenspitzen aus Bronze bewehrt war. Also entschloss ich mich mein Glück an dem Hause zur Linken zu versuchen.

Ich läutete wiederholt und wartete. Im Inneren des Hauses konnte ich das Geläut hören. Es passierte nichts. Ein wenig Zeit ließ ich verstreichen, bevor ich ein weiteres Mal auf die Schelle drückte. Wieder verging eine Weile, die mir Gelegenheit gab, einen genaueren Blick auf den Teil des Anwesens zu werfen, der nicht hinter den mannshohen rot und gelb blühenden Oleandersträuchern und den Mandelbäumchen verborgen lag. Die Fassade neo–klassizistisch mit einem Treppenaufgang zur Haustüre, der mit vier Säulen im korinthischen Stil und einem Kapitel aus Marmor überdacht war. Die Türe mit grün–blauen Verglasungen in Brusthöhe im Jugendstil, erinnerte entfernt an Klimt.

Ein Mann in meinem Alter öffnete schließlich die Türe. Ich stellte mich vor und erklärte ihm mein Anliegen zunächst auf Englisch, Licht in das Dunkel der Vergangenheit meines Vaters, eines Deutschen, bringen zu wollen. Einer Vergangenheit, die eng mit Athen und Griechenland verknüpft war. Er unterbrach mich lachend und sagte

38

mir, dass wir miteinander Deutsch sprechen könnten, dann bat er mich mit ihm um das Haus herum zu einer Gartenterraße zu gehen. Er hatte sich dort befunden und deswegen mein Läuten nur schlecht gehört, meinte er entschuldigend. Dort an einer Sitzgruppe aus Korbgeflecht bat er mich Platz zu nehmen und fragte mich, ob er mir einen Eiskaffee als Erfrischung anbieten könne. Ich nahm das freundliche Angebot erfreut an. Er bat um einen kleinen Moment Geduld und mich allein lassen zu dürfen, damit er sich um den Kaffee kümmern konnte.

Es entspringt sicherlich einer nicht vorurteilsfreien Denweise, dass ich mich fragte, ob er vielleicht Gastarbeiter in Deutschland gewesen war. Eine dumme Vorstellung angesichts des offenkundigen Wohlstandes ringsherum. Während ich warte, schaute ich mich um. Der Garten war von den Nachbargrundstücken durch eine Hecke von Büschen und Bäumen abgetrennt und ergab so einen völligen Sichtschutz – Zitrusbäume und was ich für Edelkastanien hielt – standen im Garten und spendeten Schatten. Die Luft war voll mit dem schweren Duft der Zitruspflanzen. Wenn ich nicht gekommen wäre, um etwas über die Vergangenheit meines Vaters zu erfahren, hätte ich mir gut vorstellen können, hier im kühlen Schatten von Organgen– und Zitronenbäumen eine Weile von dem in der Hitze zurückgelegten Fußweg auszuruhen. Es ist schön der Hektik des Straßenverkehres zu entkommen, vielleicht , wenn ich mich hier aufhalten dürfte, wäre es nicht schlecht, entspannt unter den Bäumen zu sitzen und ein gutes Buch zu lesen, hätte ich denn eines dabei.

Lautes surren in der Luft machte mich auf noch etwas aufmerksam – die vielen blühenden Pflanzen wurden von ganzen Schwärmen von Bienen besucht. „Gut", denke ich mit einem fast liebevollen Gefühl, „euch gibt es jedenfalls hier noch!"

Als mein Gastgeber zurückkehrte, stellten wir uns nochmals vor. Dass ich eine Halbschwester suchte, die seine Cousine sein könnte, sagte ich ihm natürlich nicht, da ich noch nicht wußte, wie es aufgenommen werden würde, wenn er erführe, dass wir vielleicht entfernt miteinander verwandt wären. Ich sagte ihm aber auch, dass ich seinen Vater und seinen Onkel recht gut gekannt hätte, und daher gerne wissen möchte, ob vielleicht Giorgos Frau oder ihr Sohn noch lebten, die ich gerne besuchen wollte.

„Komisch", sagte er in seinem gutem und akzentfreiem Deutsch, „mein Onkel, der leider verstorben ist, wie sein Bruder mein Vater, hat immer wieder von seinem lieben deutschen Freund gesprochen. Wir haben das nie verstanden. Gut, auch mein Vater hatte sehr gut und nett von ihrem Vater gesprochen, aber für meine Generation, die nach dem Krieg noch in den Trümmern als Hinterlassenschaft erst der Italiener und dann der Deutschen aufgewuchs, waren die Deutschen eben nicht die Guten, sondern die Briten, die uns Griechen befreit hatten. Aber was soll es, das ist so lange her und die Klassifizierung in Freund und Feind dürften obsolet sein"

Ich kam nach diesen Ausführungen nicht umhin, ihn zu fragen, warum und wo er denn so gut Deutsch gelernt hätte. Wieder lachte er ganz herzlich und vertraute mir schmunzelnd an, dass die Familie immer deutschfreundlich gewesen war und Vater und Onkel, die in Bayern auf ein führendes Internat gegangen waren, sorgten dafür, dass er auf das deutsche Gymnasium in Athen ging.

„Entschuldigen Sie, ich schweife ab", sagte er, „ich will sie nicht länger aufhalten. Sie sind ja gekommen, um etwas über meine Tante und meinen Neffen Alexandre zu erfahren. Ich schreibe Ihnen die Adresse auf." Dabei zog er einen Stift und Blatt Papier hervor und schrieb mir die Adresse auf. Ich bedankte mich und stand auf, worauf er ebenfalls aufstand und sagte, dass er mich noch zur Tür brächte. An der Eingangstür zum Grundstück schüttelte er mir die Hand und, mich voll anblickend, wünschte er mir viel Erfolg. Er fügte noch hinzu, als ich schon fast auf der Straße stand, dass ich jederzeit bei ihm willkommen wäre, wenn ich Informationen über die Familie brauchte.

Auf der Straße las ich das Geschriebene, mein Gastgeber von eben teilt mir mit, dass Eleni immer noch seit Jahren in dem gleichen Haus in dem Viertel wohnte, also wie damals dachte ich. Es war mir ein wenig mulmig, was passieren könnte, wenn ich ihr denn gegenüber stünde.

Ich habe also die Adresse aufgeschrieben bekommen und beschließ daraufhin ein Auto zu mieten und Eleni zu besuchen, um Näheres über sie und Vater, beziehungsweise über weitere Verwandte, von deren Existenz ich bisher nichts wusste, zu erfahren.

Also fuhr ich zunächst nach Kallithea und wollte dann eventuell nach Faliro, wo Mutter und möglicherweise ihr Sohn Alexandre damals noch wohnten. Das letzte Mal hatte ich Alexandre vor vielleicht gut zwanzig Jahren getroffen!

Noch ziemlich genau konnte ich mich daran erinnern , dass wir öfter nach Griechenland fuhren, und mein Vater uns mit zu Eleni nahm. Mitgenommen schon, weil er nicht wusste, nehme ich an, wo er uns bleiben lassen konnte. Eleni hatten wir nie zu Gesicht bekommen. Als wir uns Athen näherten, hatte er es auf einmal fürchterlich eilig, zu Eleni zu kommen, wie sich heraus stellte. Er muss sie damals schrecklich geliebt haben, so dass er sie selbst, als er schon eine Familie und uns hatte, nicht vergessen konnte. Jedenfalls sind wir an der Stadt vorbei an die Peripherie von Faliro gefahren. Eleni wohnte damals in einem Neubaugebiet, wo die Häuser wirklich auf die grüne Wiese gebaut worden waren. – Halt, ich muss mich korrigieren, nur auf die sprichwörtliche „grüne Wiese", denn alles sah schmutzig braun aus und das wenige Gras am Strassenrand und den freien Flächen daneben braun und verdorrt, da der Wind von der See her gelben Staub und Sand über die Stadt blies. Vater musste von zuhause aus telefoniert haben, denn er wusste genau den Weg zu seiner Eleni – und das über 2000 km hinweg. Irgendwie kann ich ihn auch gut verstehen, war diese Affäre doch erst vor 16 Jahre durch seinen Weggang aus Griechenland beendet oder vielleicht auch nur unterbrochen worden.

Was sind schon 16 Jahre, wenn man liebt?

Endlich bin ich zu der Adresse gefahren, die auf dem Zettel stand. Unterwegs fragte ich mich immer wieder, ob ich wohl auf dem richtigen Weg sei und was ich sagen sollte, wenn ich denn nun Eleni träfe und ihr gegenüber stünde. Am Haus angekommen, schau ich mich um. Ich hätte das Haus so nicht wieder gefunden. Die ganze Gegend ist zugebaut mit schrecklichen Reihenhäusern, deren Vorgärten zum Teil sehr ungepflegt sind – sprich Wildkräuter fühlen sich hier wohl und wachsen zum Teil hüfthoch.

Ich läutete bei dem Namensschild, das den Namen trug, der auf meinem Zettel stand. Der Türsummer ertönte und ich drückte die Türe auf. Noch ist Zeit umzukehren, dachte ich eine Sekunde. Ich könnte einfach: „Die Post", rufen und fortlaufen, aber mir fiel nicht mehr ein, was „Post" auf Griechisch hieß. Also stieg ich die Treppe hoch.

Die junge Frau, die vor mir die schwere Türe im zweiten Stockwerk geöffnet hatte, allerdings nur einen Spalt breit, war hochgewachsen und schlank. Sie trug einen Weißen Rollkragenpullover, der ihren dunklen Teint sehr schön kontrastierte und zur Geltung brachte. Darunter trug sie hellblaue, enge verwaschene Jeans, die mit einem breiten Ledergürtel gehalten waren. Ihr Gesicht musste man klassisch schön nennen, wie man es oft in Griechenland auf Vasen und Wandmalereien oder aber auch als klassische Statue einer ´Kore´ findet. Sie hatte hohe Wangenknochen, volle rote Lippen und dunkle, fast schwarze Augen. Ihre glatten und glänzenden, leicht gelockten rabenschwarzen Haare hatte sie seitlich gekämmt, so dass sie ihr bis auf die Schultern fielen. Ging da ein Duft von Jasmin und Feigen von ihr aus? Ich wußte wie Feigen dufteten! –

Die Pflanze und nicht die Früchte meine ich, wenn ich vom Duft der Feige spreche. Das ist ein feiner Duft, wild und betörend, der manchmal und nicht immer von den Blättern, jungem Holz und Trieben ausgeht. Ich glaube, der Duft der Feige erinnert auch ein wenig an Basilikum. Manchmal, wenn ich an meinem Feigenbäumchen, das ich selbst von einem Steckling des Feigenbaumes im Garten meines türkischen Nachbarn, natürlich ohne dessen Wissen, geschnitten hatte, rieche, habe ich das Gefühl in eine andere Welt abzutauchen. Und so glaube ich, sie duftet nur, wenn sie will und wenn ich sie nett behandle, das heißt, sie immer schön pflege. –

Was für eine Assoziation von einer betörend schönen jungen Frau und der Hauch der Exotik! Ich schweife ab! Mag sein, ich hatte sie wohl ein wenig zu lange betrachtet, aber sie schaute mich fragend an, wartete und lächelte. Dann sagte sie etwas auf Griechisch, wie ja zu erwarten war und das ich natürlich nicht verstand. Ich schüttelte den Kopf und fragte der Reihe nach, ob sie Deutsch, Englisch oder Französisch spräche. Nun war es an mir, wirklich erstaunt zu sein, wie sie wohl ebenfalls, soweit ich das hören und beurteilen konnte, akzentfrei in den drei Sprachen kurz und bündig antwortete, dass sie die Sprachen verstünde. Ich entschließ mich, mit ihr Deutsch zu sprechen, da es ja meine Muttersprache war, und stellte mich ihr vor. Mein Name sagt ihr nichts, wenn ich ihren Gesichtsausdruck richtig deutete, aber das freundliche Lächeln war noch da und ein fragender Blick. Also erklärte ich ihr, dass ich eine Eleni Chrisantopoulos suchte, die mein Vater vor langer Zeit gekannt hatte. Und, fügte ich hinzu, dass ich mir erhoffte, mehr über meines Vaters Vergangenheit zu erfahren. Sie antwortete mir, dass sie die Tochter, dieser Eleni sei, Sotiria Chrisantopoulos.

War sie vielleicht das Mädchen, das damals neben der Frau am Fenster zu sehen war, fragte ich mich sofort.

Sotiria bedauerte, dass ich ihre Mutter nicht sprechen könnte, da sie in der Klinik sei. Wann sie denn wieder nach Hause käme und zu sprechen wäre, fragte ich mein Gegenüber, aber Sotiria konnte mir nicht sagen, denn ihre Mutter hätte einen Schlaganfall gehabt und wäre die meiste Zeit nicht ansprechbar. Sie, die Tochter, hütete das Haus, bis die Mutter wieder genesen sei.

Ich erkundige mich nach der Adresse der Klinik, in der sie zur Behandlung eingewiesen worden war. Sie gab mir die Adresse und eine Beschreibung, wie ich dorthin finden könnte, obgleich sie mir klar zu verstehen gab, dass es sinnlos wäre, damit zu rechnen, mit ihrer Mutter sprechen zu können. Ich bedankte mich bei der jungen Frau und erklärte ihr, dass es im Moment auch für mich wichtig wäre, Eleni zu sehen und sei es auch nur durch eine Glasscheibe.

„Wo sind Sie untergebracht?", fragte sie mich, und ich musste über diese altertümliche Redewendung lächeln. Ich nannte ihr den Namen des Hotels, der ihr bekannt war, wie sie mir sagte. „Ich rufe Sie an, wenn ich Neuigkeiten über den Zustand meiner Mutter erfahre", fuhr sie fort, „vielleicht erfahren sie ja auch etwas Neues in der Zwischenzeit."

Dann schlug mein Herz höher, da ich schon überlegte unter welchem Vorwand ich sie wiedersehen könnte, als sie vorschlug: „Einen Augenblick, ich gebe ihnen auf jeden Fall die Telefonnummer, unter der sie mich meistens erreichen könnten." Dabei verschwand sie kurz in der Wohnung und kam mit einer Visitenkarte zurück, die sie mir überreichte. „Kann ich sonst noch etwas für Sie tun?", fragte sie und lächelte mich an und blickte mir dabei voll in die Augen.

„Mein Gott, was für eine schöne, wundervolle Frau", fuhr es mir durch den Kopf und ich war einen kleinen Moment sprachlos. Ich weiß es nicht mehr genau, aber ich glaube, dass meine Ohren glühten. Sie hatte wohl bemerkt, dass ich den Faden verloren hatte und wiederholte ihre Frage. Ich verneinte, dass es im Moment nichts gäbe, was sie für mich tun könnte. Dabei dachte ich "leider" und reichte ihr zum Abschied die Hand, weil ich sie einfach anfassen wollte. Sie ergriff auch meine Hand und hielt sie etwas länger als notwendig – jedenfalls bildete ich mir das ein. Die ganze Zeit schaute sie mich dabei an. Dann stieg ich benommen die Treppe herunter.

„Eleni nicht angetroffen und dieses schöne Geschöpf ist einerseits vielleicht meine Schwester, auf die man stolz sein kann als Bruder, und dann andererseits für mich als Mann auf keinen Fall erreichbar", dachte ich, aber vergaß darüber hinaus nachzudenken, ob sie denn gegebenenfalls überhaupt an mir ein Interesse haben könnte. Ein wenig war sie wohl an mir interessiert, denn sonst hätte sie mir ja nicht ihre Telefonnummer gegeben, hoffte ich. Dass sie meine Schwester sein könnte, war doch völlig haltlos, vermutete ich und der Gedanke kam mir auch sofort abwegig vor, weil ich von der jungen Frau nichts, aber auch gar nichts wusste. Noch ein wenig in Gedanken stieg ich die Treppen weiter herunter. Auf der Straße unten angekommen, drehte ich mich noch einmal um und schaute zu dem Fenster hinauf, das ich in Erinnerung hatte. Nichts zu sehen! Über die Straße zu meinem auf der gegenüber liegenden Straßenseite geparkten Mietauto gehend, hoffte ich, dass sie mir nachsähe. Ich öffnete die Fahrertür, stieg ein und konnte es nicht verhindern, dass ich nochmals nach dem Fenster sehen musste. War es reines Wunschdenken oder Halluzination, aber ich glaubte eine Bewegung des Vorhangs an dem Fenster zu sehen, als ich wieder hochblickte. Vielleicht war es ja auch nur ein Lufthauch gewesen, der den Vorhang bewegt hatte.

Ich hatte ja nichts Weiteres vor, wie etwas über Vaters Vergangenheit zu erfahren, dann konnte ich auch ebenso am Krankenhaus vorbeifahren, um vielleicht doch ein wenig mehr zu erfahren. Das schien mir notwendig, um planen zu können, wie lange denn mein Aufenthalt in Athen noch dauern könnte.

Die Klinik, in der Eleni lag, befand sich in Piräus.

„Gut", dachte ich, „ da wollte ich gerne wieder hin, wenn ich schon in Athen bin." Ich hatte noch eine angenehme Erinnerung an die verwinkelten Gassen im Hafen von Piräus, mit den kleinen pittoresken Straßencafés und Restaurants mit großen Schaufenstern. Hinter den Schaufenstern im Inneren der Restaurants, oder besser gesagt, Garküchen, sind die Speisen zu bewundern, die man hier bestellen kann. Es qualmt aus allen Öffnungen wie Türen und oft geöffnete Fenster wegen der Hitze und des Rauches, der von den

Zigarettenrauchern kommt. Manches Mal duftet es auch köstlich nach Speisen, wenn in einem großem Holzkohlegrill ein ganzes Lamm gegrillt wird und er Duft nach draußen zog.

Ich fuhr vielleicht eine Viertelstunde, dann kam ich an dem Hospital an. Am Empfang erkundigte ich mich höflich bei der älteren Dame hinter der Glasscheibe, auf welchem Zimmer Frau Eleni Chrisantopoulos läge, bekam zwar die Zimmernummer auf der Intensivstation und gleich den Hinweis, dass ich nicht zu ihr könnte, wenn ich kein direkter Angehöriger wäre. Darüber hinaus erklärte mir die Dame hinter der Glasscheibe freundlich und nett in einem guten Deutsch, aber mit Akzent, dass Frau Chrisantopoulos nicht ansprechbar und ich, so vermutete sie, auch kein Verwandter wäre. Ich nahm meinen Mut zusammen und behauptete, dass ich ein entfernter Verwandter und extra aus Deutschland angereist wäre, als ich von der Erkrankung gehört hätte. Gern würde ich mehr über ihren Zustand erfahren, um beurteilen zu können, wie lange ich bleiben müsste, um mit ihr sprechen zu können. Sie erwiderte, sie sähe kaum eine Möglichkeit, vom Stationsarzt für mich eine Erlaubnis bekommen zu können, die Patientin zu sprechen, geschweige denn sie in ihrem Zimmer besuchen zu dürfen.

An der Information am Eingang erfahre ich schließlich doch noch die Zimmernummer. Auf der Intensivstation gehe ich zum Ärztezimmer, aber auch hier erfahre ich nur, dass man mir keine Auskunft geben dürfte, außer dass der Zustand ernst aber stabil wäre. Auf dem Weg zurück zum Treppenhaus werfe ich nur einen Blick auf die geschlossene Tür, wie ich vorüber gehe. Plötzlich geht die Türe auf.

Eine junge hübsche Frau kommt aus dem Zimmer, eng anliegendes Sweatshirt, enge ausgewaschene Jeans und einen Mantel über dem Arm, und sie geht auch den Gang herunter. Mir bleibt fast der Atem weg – eine Schönheit und das unerwartet hier im Krankenhaus. Wer schon einmal für eine Weile im Krankenhaus gelegen hat, stellt fest, dass die Krankenschwestern mit der Zeit immer hübscher werden und schöner aussehen. Das hat was mit Isolation zu tun. Umgekehrt schmeckt einem das Krankenhausessen mit der Zeit immer schlechter. Aber es gibt natürlich auch Ausnahmen!

Vielleicht war diese Lichterscheinung eine Verwandte von den hier im Zimmer liegenden Patienten. Das was ich empfand nennen die Sizilianer „den Blitz"! Dieses Gesicht brannte sich in mein Gedächtnis ein. Langsam ging ich hinter ihr den Gang herunter. Sie hat es eilig und ich weiß nicht wie und wagte auch nicht sie anzusprechen. So ließ ich sie ziehen.

Ich brachte den Mietwagen zurück, musste aber auf dem Weg zu der Rückgabe–Station immer an die junge Frau denken. Auch nachdem ich zurück im Hotel war, ging es mir nicht besser. Ich beschloss auf andere Gedanken zu kommen und ging hinüber zu dem kleinen Straßencafé gegenüber vom Hotel. Dort bestellte ich mir einen griechischen Mokka und einen doppelten Weinbrand. Eigentlich mag ich die süßen griechischen Weinbrände nicht, aber jetzt brauchte ich einen. Anschließend ging ich um den Platz herum und fand einen kleinen Imbiss, der typische Spezialitäten anbietet. Mit meinen begrenzten Kenntnissen des Neugriechischen bestellte ich mir Schweinefleisch vom Drehspiess, einen kleinen Salat und ein Bier. Wie ich sehen konnte war die Marinade auf dem Salat erfreulicherweise nicht diese violette Pampe, die man beim Griechen und Türken in Deutschland, oft ungefragt, über den Salat geschüttet bekam. Bevor ich mich mit meinen Tablett an einen der freien Tische setzen konnte, sprach mich der Herr mittleren Alters, der mich bedient hat, in einwandfreiem Deutsch an: „wenn es Ihnen schmeckt, sagen Sie es ruhig. Es freute mich! Sie können gerne noch nach bekommen!"

Es wurde ein angenehmer Abend mit noch einigen Bierchen, von denen ich mal eins, dann er eins ausgab. Er hatte lange in Wuppertal gelebt und bei einer großen Pharmafirma dort gearbeitet. Dann hatte ihn das Heimweh zurück nach Athen getrieben, nachdem er auch genügend Erspartes hatte, um sich ein kleines Lokal zu kaufen. Er hatte immer diese Idee gehabt, was ja nicht falsch ist, dass Menschen immer Hunger haben, und die, die morgens nie frühstücken, wie er es meistens gehalten hatten, mittags gern in einen Imbiss gehen. So dachte er, dass ein Lokal in guter Lage sicher eine gute Investition wäre.

Ein wenig ratlos verbrachte ich zwei Tage in Athen, ohne zu wissen, wie es mit meinen Erkundigungen weitergehen sollte. Die Zeit schlug ich mit der Besichtigung der alten griechischen und der römischen Agora, der nahgelegenen Tempelanlagen und natürlich durch einen Besuch auf der Akropolis tot. Dann bekam ich eines Nachmittags einen Anruf und Sotiria hatte mich eingeladen, sie zu einem gemeinsamen Abendessen mit ihren Freunden zu begleiten. Ich versuchte abzulehnen, was sie aber nicht gelten lassen wollte. Sie meinte, dass es mir gut täte, Griechenland und Griechen in der Familie kennen zu lernen, da ich gewiss mit meinen Familienangehörigen immer nur in griechischen Restaurants verkehrt hätte. Sie versprach, mich am späten Nachmittag am Hotel abzuholen, sie riefe um neunzehn Uhr an, bevor sie beim Hotel ankäme.

Ich gab nach und sie holte mich tatsächlich mit nur zwanzig Minuten Verspätung am Hotel ab. Letztlich wiederum nur in Fußmarsch Entfernung von meinem Hotel kamen wir zu diesem Haus hinter dem Parlamentsviertel. Fast verborgen von üppigen mannshohen Oleander– und Lorbeerbäumchen schlängelt sich der Weg zum Wohnungseingang in das Parterre.

„Diese Leute müssen ja Kohle ohne Ende haben, um entweder so ein Haus in dieser Gegend, in dieser Ausstattung zu besitzen, oder aber zur Miete zu wohnen, die sicherlich auch nicht billig sein dürfte", gab ich zu Bedenken. Sotiria ignorierte meine Bemerkung und betätigt den schweren bronzenen Klöpfer neben der Haustüre. Schritte näherten sich, ein hochgewachsener junger Mann öffnete uns. Er schaute uns fragend an und Sotiria erklärte ihm, so dachte ich, rasch auf Griechisch, wer ich sei. Mit einer einladenden Geste seiner Hand bat er uns herein. Wir gingen durch einen Gang, der durch das ganze Parterre führte. Rechts und links gingen Türen wohl zu Zimmer ab. In der Mitte befand sich eine Wendeltreppe mit gedrechseltem Holzgeländer. Am Ende des Ganges blickte man auf einen Teil des Gartens und wir hörten Stimmen, Lachen und im Hintergrund Musik.

Als wir im Garten ankamen saßen an einem langen Tisch vielleicht zwölf junge Leute, das will heißen jünger als ich. Auf dem Tisch standen gefüllte Weingläsern, Bierflaschen, Essgeschirr und Tellern mit Speisen. Eine richtige Ordnung war nicht zu erkennen, außer dass vor jedem dieser jungen Menschen ein kleiner Teller stand, von dem sie irgendwelche Speisen aßen. Dann sah ich sie, sah sie sofort beim Eintreten in den Garten – die Schönheit aus dem Krankenhaus! Ich freute mich über diesen Zufall, dass sie auch da war. Unter all diesen jungen Menschen war sie mir sofort aufgefallen. Sie hatte mich aber noch nicht erkannt, wie ich in den Garten eintrat. Wie sollte sie auch? Wahrscheinlich hatte sie mich in der Klinik gar nicht wahrgenommen. Unsere Blicke hatten sich auch nicht getroffen. Wir hatten einander auch nicht angesehen. –

Später werde ich erfahren, dass sie meine Gegenwart dort auf dem Flur der Intensivstation durchaus wahrgenommen hatte. –

Sotiria ging mit mir zu dem Tisch, an dem die junge Frau, die in ein Gespräch mit ihrem Tischnachbarn vertieft war. Sie lachte ihn an und ich wünschte mir, dass sie mich so anlachte. Sotiria stellte sie mir als ihre Schwester vor. Ich reichte ihr die Hand und wagte kaum, ihr in die Augen zu sehen. Sie lächelte mich an, ergriff auch etwas zögernd meine Hand und stellte sich selbst auf Griechisch vor. Ich verstand nur „Haris". Sotiria klärte ihre Schwester auf Deutsch auf, dass ich kein Griechisch verstünde. Ich setze mich auf einen Stuhl neben ihrem. Sotiria sagte etwas zu dem jungen Mann, der direkt links von Haris saß, er stand auf und bedeutete Sotiria, dass sie sich auf seinen Stuhl setzen könnte. Nun saß ich neben der Schönen, die mich so sehr schon in der Klinik beeindruckt hatte. Ich sah sie vorsichtig von der Seite an, bevor ich sie direkt ansprach. Wieder musste ich klären, in

52

welcher Sprache wir uns unterhalten könnten. Ich wunderte mich schon nicht mehr, dass auch sie Englisch, Französisch und Deutsch sprach.

Zwar schien sie nicht ganz das Gegenteil von ihrer Schwester zu sein, aber sie hatte hellere Augen und kastanienbraunes Haar, das ihr wellig bis auf die Schultern fiel. Wir schwätzten über Gott und die Welt, nur damit ich mich weiter mit ihr unterhalten konnte. Sie faszinierte mich. Ihre Schönheit, ihre Gestik und ihr Lächeln zogen mich in ihren Bann. Ich machte ihr die ersten Komplimente und wir flirteten, so sah ich es oder wollte es so empfinden. Ich hing an ihren vollen roten Lippen. Sie konnte sagen, was sie wollte – wichtig war nur, dass sie mit mir sprach! Sotiria schaut immer wieder zu uns herüber. „Es ist klar, sie ist eifersüchtig!", dachte ich und war im gleichen Moment stolz darauf, dass diese aufregende Frau eifersüchtig sein könnte. Immer wieder versuchte sie meine Aufmerksamkeit von Haris fern zu halten, indem sie, wie mir schien, belanglose Fragen an mich richtete. Aber meine charmante Tischnachbarin ließ sich davon nicht irritieren.

„Warum bist du denn nun wirklich in Griechenland?", fragte meine Tischgenossin mich. Und ich erzählte ihr die Geschichte so, als ob ich Vaters Freunde wieder treffen wollte, aber lasse aus, dass eine von den beiden Schwestern Chrisantopoulos, die hier anwesend sind, meine Halbschwester sein könnte. Dabei zog ich in Betracht, dass es durchaus noch andere Frauen in der Familie Chrisantopoulos geben könnte, die mein Vater näher gekannt hatte. Haris schaute mich komisch an und sah dann zu Sotiria herüber, die den Blick allerdings nicht bemerkte. Erst spät brachen Sotiria und ich wieder auf, nicht ohne dass ich Haris gesagt hatte, dass es mich freute, wenn wir uns einmal wiedersehen könnten. Auch von den anderen Gästen verabschiedete ich mich durch ein einfaches Winken, das ebenso erwidert wurde. Sotiria brachte mich noch zum Hotel und verlangte unterwegs von mir zu hören, ob mich ihre Schwester schwer beeindruckt hätte. Ich schaute sie an und schämte mich nicht, als ich sagte, dass sie mich nicht mehr beeindruckt hätte als sie selber. Das war natürlich ein wenig gelogen, aber es schien ihr zu gefallen. Am Hotel Best Western angekommen gab sie mir ein schnelles Küsschen auf die Wangen, drehte sich um, winkte mir noch einmal zu und rief über die Schulter: „Ich ruf dich an!"

Natürlich war ich geschmeichelt, dass sich zwei so schöne und attraktive junge Frauen für mich interessierten. Als ich abends an die Hotelbar ging, um ein paar Bierchen zu trinken, gingen mir lauter dumme Gedanken durch den Kopf, die allerdings immer mit den beiden jungen Frauen zu tun hatten. Der Barkeeper fragte mich etwas, das ich zunächst nicht verstand. Er wollte wissen, ob ich noch etwas trinken wollte. Ich hatte nicht einmal mehr bemerkt, so in Gedanken versunken wie ich war, dass ich schon eine ganze Weile vor einem leeren Glas gesessen hatte. Er schaute mich fragend an und mehr ahnend als dass ich es verstanden hätte, nickte ich nur. Mir ging so vieles durch den Kopf und es drehte sich immer um die beiden Frauen. Auf der einen Seite Sotiria, die die Aura der Sinnlichkeit umgab und mir deutliche Signale der Zuneigung durch Blicke und Gesten sandte. Dann Haris umgeben von einer aufgeladenen Atmosphäre von Weiblichkeit und, wie ich hoffte, mit einem geneigten Interesse an meiner Person. Bei meinem nächsten Bier, das er vor mich hinstellte, beschloss ich, die letztlich müßigen Vergleiche zwischen den beiden Frauen, welche den die schönere und attraktivere wäre und mir besser gefiele, aufzugeben.

Bevor ich diesen Abend einschlief, hatte ich das Gefühl einen schönen Tag verbracht zu haben, denn ich hatte die Schönheit aus dem Hospital wiedergesehen und herausgefunden, wie ich sie wiedersehen konnte. Ich schlief mit dem Bewusstsein ein, ein Glückspilz zu sein.

Zwei Tage später, ich war gerade von einem Bummel zu einer nahegelegenen neueren Ausgrabungsstätte am Kotzia Square zurück zum Hotel gekommen, als ich an der Rezeption eine Nachricht bekam, dass ich Fräulein Chrisantopoulos anrufen solle. Freudig eilte ich zu der Telefonzelle in der Hotelhalle und rief sie an. Ich konnte sie auch sogleich am Telefon erreichen. Sotiria fragte mich, ob ich abends schon etwas vorhätte. Ich verneinte und konnte nur mühsam meine Freude über ihre Frage verbergen, denn ich ging davon aus, dass wir den Abend zusammen verbringen könnten – das Eis war also gebrochen.

Sie käme gegen sieben Uhr am Hotel vorbei, um mich abzuholen, meinte sie noch, aber es wurde trotzdem beinahe acht Uhr. Während ich wartete überlegte ich immer wieder, ob ich nochmals anrufen sollte, ließ es aber schließlich.

Ich war runter ins Foyer gegangen und wartete dort auf Sortiria, die durch die Drehtür ins Hotel kam, auf die Rezeption zuging aber mich gleich bemerkte. Strahlend kam sie auf mich zu. Keine Spur von

Schuldbewusstsein über ihre Verspätung. Ihr Anblick ließ mich den in mir leise aufgekeimten Unmut vergessen. Einen beigen Pullover mit V–Ausschnitt, der ihren Busen betonte, hatte sie an. Enge hellblaue Jeans, trug sie dazu, die in hellbraunen Stiefeln steckten, die bis zur Mitte der Waden reichten. Eine kleine Handtasche an einem Riemen, der quer über ihre Brust lief, komplettierte ihren Outfit. Vielleicht darf man es ja in den Mittelmeerländern nicht so genau nehmen mit exakter Uhrzeit. Also schluckte ich meinen leichten Ärger runter, stand auf und wollte ihr die Hand geben, aber dazu kam es nicht, weil sie mich mit beiden Händen an den Schultern fasste mir ganz nahe kam und mir zunächst links, dann rechts einen Kuss auf die Wangen hauchte. Ich tat es ihr nach. Da war wieder dieser feine Hauch dieses exotischen Parfums, wie ihr Gesicht mir nahe kam. War es Feige und eine Spur Basilikum oder doch Osmanthus–Zimt? Nicht nur ihr Parfum inspirierte mich zu allen möglichen Gedanken, auch ihre körperliche Nähe, besonders wie sie mich begrüßte als ob wir uns schon länger kannten.

„Können wir gehen?", fragte sie „und hast du schon etwas gegessen?" Bevor ich antworten konnte, fuhr sie schon fort: „Ich habe auch noch nichts gegessen, aber da wo wir hingehen, gibt es immer irgendwelche Kleinigkeiten."

„Gehen wir in die Plaka?", fragte ich sie, als wir das Hotel verließen, „ich weiß, dass es dort nette Lokale gibt."

„Kennst du denn die Plaka?", gab Sotiria meine Frage zurück. „Na ja, richtig kennen ist wohl zu viel gesagt, aber du weisst, dass man durch die Plaka gehen muss, wenn man zu den Agoras geht. Ausserdem waren wir damals auch mit deinem Vater in einem netten Strassenlokal alle zusammen essen. Das war sehr malerisch! Aus den Tavernen klang Musik herüber, manchmal griechische und manchmal moderne Swing Musik."

„Das ist lang vorbei, da gehen nur noch Touristen hin. Die Musiker, sind wenn nicht zahnlos, kaum in der Lage stehend zu spielen", sagte sie und lachte sich halbtot über ihren Witz. Was daran so lustig war, vermochte ich in dem Augenblick nicht nach zu vollziehen. Vielleicht etwas sehr griechisches. „Nein", fuhr sie fort zu erklären, „Eingeweihte gehen nach Psirri oder in das Viertel bei Monastiraki."

„Also, meine liebe Sotiria, sind wir Eingeweihte? fragte ich sie. Sie gab mir jedoch keine Antwort, sondern griff meine Hand und schlenckerte meinen Arm. Mir ging ‚Singing in the rain' durch den Kopf, wo Gene Kelly Cyd Charisses Hand nimmt. Während wir die Athinas Straße runter in Richtung Psirri schlenderten, fragte ich Sotiria nach dem Befinden ihrer Mutter. Ein Schatten ging kurz über ihr Gesicht und sie meinte, dass es ihrer Mutter zwar nicht besser ging, aber ihr Zustand sich nicht verschlechtert hätte. Letzteres wäre zunächst einmal ein gutes Zeichen, obwohl sie nicht ansprechbar wäre. Ich hatte meinen Gedanken, wie lange ich wohl noch in Athen bleiben müsste, noch nicht zu Ende gedacht, als sie mich unvermittelt fragt, warum es mir so wichtig sei, mit ihrer Mutter zu sprechen. Nachdem ich einen Moment zögerte und überlegte, was ich antworten sollte, entschloss ich mich zu einer ausweichenden Antwort, dass mein Vater ja noch vor nicht allzu langer Zeit verstorben wäre und wir keine Gelegenheit mehr gehabt hätten, über den Abschnitt seines Lebens in Griechenland ausführlich zu sprechen. Ich unterschlug nicht, dass er immer wieder komatös gewesen war und bruchstückhaft Dinge erzählte, die ich nicht verstehen konnte. Sotiria schien mit meiner Antwort zufrieden, hackte sich bei mir unter und forderte mich auf, traurige Gedanken beiseite zu schieben.

Wir kamen an Geschäfte vorbei, die von billig gemachter griechischer Kunst bis zu Fähnchen und T–Shirts alles anboten, sogar Konfekt gab es zu kaufen. Ich schaute nur flüchtig hin, aber einig Produkte hatten wohl noch den letzten griechischen König gesehen.

Wir waren vielleicht zwanzig Minuten gegangen, als Sotiria mich plötzlich am Arm in Richtung eines etwas von der Straße zurückgesetzten flachen Gebäudes zog. Vor dem Haus standen einige Tische und Stühle und man konnte durch die geöffneten Glastüren in den Gastraum schauen. Dass Musik aus diesem Etablissement drang, war mir bei dem Straßenlärm, der eine Mischung aus Musik, Gehupe von Motorrollern und Geschrei von den Läden war, nicht bewusst gewesen. Das große Schild, auf dem „Oinopoleion“ über der Tür stand, sagte auch nichts darüber aus, ob es sich um eine Taverne oder Restaurant handelte.

Nach dem Eintreten sahen wir im Hintergrund Tische im Halbrund aufgestellt, an denen Gäste teils Getränke zu sich nahmen oder aßen. Wir suchten uns einen freien Platz und bestellten als die Bedienung kam für mich zunächst ein Bier und einen Weißwein mit zwei Gläsern, den Sotiria aus der Karte ausgewählt hatte. Auf dem Tisch lag eine Art Programmzettel.

„Das ist ja witzig", sagte ich in Richtung Sotirias, „wenn ich das hier richtig entziffert habe, heißt ein Künstler so wie du ‚Sotiris' und eine Sängerin ‚Haris'!"

„Stimmt", aber diese Namen gibt es in Griechenland häufig und dabei summte sie die Melodie mit und wiegt leicht ihren Oberkörper im Takt. Dann fragte Sotiria mich während wir warteten, was ich denn beruflich machte. Sie musste ihre Frage auf mein Bitten hin wiederholen, da ich in Gedanken ganz wo anders war. Ich wiederholte ihre Frage, damit ich sie richtig verstanden hatte und erklärte ihr dann, dass ich Beratender Ingenieur sei. Das verstand sie nicht und fragte nochmals nach. Also sagte ich ihr dass ich letztlich ein Bauingenieur wäre.

„Was ist das, um Gottes Willen? Das hört sich ja sehr kompliziert an?" fragte sie.

Der Wein kam. Ich schenke ein und prostete ihr zu. „Beratende Bauingenieure beraten und begleiten Baumaßnahmen von Leuten, Firmen und Gemeinden, die etwas bauen wollen." Alles, was sie antwortete war: „Aha". Ich war mir allerdings nicht ganz sicher, ob sie mich verstanden hatte.

An der einen Schmalseite des Raumes, oder eher Gewölbes, befand sich eine Art Podest auf dem sich sechs Musiker befanden, die jetzt wieder begannen zu spielen. Ich konnte einige Bouzouki, die typischen bauchigen Saiteninstrumente der Griechen aber auch der Türken sehen. Die Doppel–Saiten werden mit einem Plektrum angeschlagen. Ein Musiker spielte auf einer kleinen Fidel und ein anderer auf einer Geige. Ebenso klein war ein Instrument, das aber einer Bouzouki von der Form her glich. Eine mittelalterliche Sängerin gesellte sich dann zu den Musikern, die allesamt in Strassenkleidung, zum Teil in Jeans, gekleidet waren. Auch die Sängerin war in keinster Weise folkloristisch angezogen. Die Musik setzte ein, und nach drei, vier Tackten begann die Sängerin ihren Vortrag, der für meine Ohren sehr orientalisch klang. Pure fünf Ton Musik, und ich hätte den Vortrag zu diesem Zeitpunkt nicht von türkischer Musik unterscheiden können, wenn nicht die Instrumentierung von der Tonhöhe unterschiedlich gewesen wäre. Natürlich klingt Griechisch auch anders als Türkisch.

Ein älterer Mann ganz in grau gekleidet, wie man es in Griechenland auf dem Land oft sieht, mit einer Schlägermütze und einem Taschentuch in seiner linken Hand, betrat die Tanzbühne in der Mitte des Raumes und schritt mit erhobenen Armen um die Fläche an den Tischen vorbei. Dann hob er ein Bein, winkelte es an und ging mit dem anderen Beinen fast in die Knie, dann, ich finde keinen anderen Ausdruck, hopste er auf dem Bein, beugte seinen Oberkörper weit vor und nach unten Richtung Tanzfläche. Mit dem rechten Arm machte er ebenfalls eine kreisende Bewegung in Richtung Boden und berührte ihn kurz. Beifall kam auf, dessen Grund sich mir einfach nicht erschloss. Ich beugte mich zu Sotiria und fragte sie leise, was das wäre. Als sie gerade antworten wollte, fuhr ich herum, als hinter uns Geschirr zerbrach. Ein Gast oder vielleicht Freund des Tänzers hielt einen Stapel Teller in der linken Hand und in der rechten einen einzelnen Teller, mit dem er einen nach dem anderen Teller in der linken Hand im Rhythmus der Musik zerschlug. Sotiria klärte mich auf, dass es sich bei dem Tanz um einen Zeibekiko handelte, einen Ausdruckstanz ohne feste Schrittfolge, bei dem wie sie sagte, sich die Tänzer etwas von der Seele tanzten. Der Mann mit den Tellern war fast am Ende seines Tellerstapels angekommen, zerschlug mit den letzten drei Akkorden der Musik seine verbliebenen drei Teller und warf, als die Musik und Sängerin ihren Vortrag beendet hatten, den letzten Teller krachend in Richtung Tänzer, der nun stumm auf der Tanzfläche stand.

Beifall brandete auf. Die Gäste klatschten in die Hände und artikulierten ihre Freude über die Darbietung mit lauten Rufen. Der Tänzer deutete eine Verbeugung an und ging zurück zu seinen Platz und setzte sich dort auf seinen Stuhl als wäre nichts geschehen. Ich hatte ihn vorher nicht bemerkt und würde ihn auch jetzt nicht bemerkt haben, wenn ich ihn nicht vorher auf der Tanzfläche gesehen hätte.

Die Musiker machten eine Pause, so war es für uns leichter sich zu unterhalten. Wie sich zeigen sollte, nutze Sotiria die Gelegenheit, ihre Neugierde bezüglich meiner Person weiter zu befriedigen. Ich hatte nichts dagegen, ganz im Gegenteil, denn ich kannte sie ja kaum und war auch etwas befangen. Sie lächelte mich an und fragte dann geradeaus, ob es eine Frau Albrecht gäbe.

„Ja", gab ich zurück, „ja meine geschiedene Frau und es gibt eine Schwester und auch eine Großcousine dieses Namens." „Also bist du nicht mehr verheiratet?" fuhr sie fort „und hast du eine Verlobte oder Freundin?" „Nein, eigentlich nicht. Was soll die Frage, Sotiria?", antwortete ich etwas wage, um weiter Fragen vermeiden zu können. „Nur so, Gerd, interessehalber. Du kreuzt hier auf und erkundigst dich nach unserer Familie, von der du offensichtlich einen Teil kennst. Da darf ich doch auch ein wenig mehr über dich erfahren? Oder?"

Obwohl ich glaubte zu wissen, was sie wirklich bezweckte, antwortete ich wahrheitsgemäß, dass ich momentan nicht liiert sei. Aber sie ließ mir keine Ruhe: „Warst du nie wieder richtig verliebt nach deiner Scheidung?"

„Doch war ich. In die Schwester meiner Großcousine."

„Wie war sie? Und warum ist nichts daraus und aus euch geworden?", wollte Sotiria wissen. Ich beschrieb sie und warum aus uns nichts geworden war.

„Sie war reizend, hübsch und frech. Vielleicht auch manchmal ein wenig zu burschikos. Es wurde nichts aus uns, weil ich ihr, wie man so schön sagt, nicht näher getreten bin, auch nie gewagt hatte ihr zu sagen, was ich für sie empfand. Nur einmal waren wir uns wirklich ganz nah. Sie hatte ganz nativ gesagt, eben weil sie auch oft sehr direkt war, dass sie mit mir schmusen wollte. Da lagen wir Arm in Arm. Ich spürte ihre Wärme und atmete den Duft ihrer Haut ein, aber ich hatte mich unter Kontrolle – und mehr passierte nicht. Leider oder Gott sei Dank? Es kommt auf den Standpunkt an, denn sie war zu jung und ich zu alt für sie. Nichts ist passiert, für das man sich schämen oder fürchten müsste!"

„Sobald man weiß, was lieben heißt und Liebe empfindet, ist man nie zu jung oder zu alt. Wenn man jung ist, ist man alt genug, und wenn man alt ist, ist man noch jung genug!" philosophierte Sotiria, wobei ihr Blick leer wurde und ins Nichts ging, als ob sie träumte. Dann fragte sie, ob ich mich nie wieder verliebt hätte oder von einer Frau angezogen gefühlt hätte.

Ein wenig zauderte ich, ihr eine meiner Wunschträume zu schildern, in denen die junge Frau, die vor mir gesessen hatte, immer wieder auftauchte, tat es letztendlich aber dennoch: „Nie hatte ich den Mut aufgebracht, diese Frau direkt privat oder persönlich dahin gehend anzusprechen, dass ich mich für sie ernsthaft interessierte. Sie hieß Adelheid und hatte sich um eine Position in unserer Firma beworben. Es war meine Aufgabe, sie in diesem Vorstellungsgespräch zu interviewen. Jung, intelligent, schlagfertig und attraktiv mit einem kastanienfarbenen Lockenschopf, der ihr bis auf die Schulter reichte und ihr ausdrucksvolles Gesicht umrahmte, so saß sie vor mir. Ich weiß nicht, was mir noch alles einfällt, wenn ich an sie denke, wenn ich ihr Bild vor meinem geistigen Augen sehe, wie sie mir gegenüber gesessen hatte. Kein einziges Mal hatte sie gelächelt, wenn ich versuchte freundlich zu ihr zu sein, sie wissen zu lassen, dass mir wirklich gefiel, was sie auf meine Fragen antwortete. Sie war einfach konzentriert und schaute mich in einer Weise an, als wollte sie erraten, was ich als nächstes von ihr wissen wollte. Mit keiner Miene verriet sie, ob sie sich eventuell auch für mich interessieren könnte, wenn sie denn die Position bekäme. Eine beeindruckende Frau, ein engelgleiches Gesicht! Sie war aufgetaucht, hatte mich vorübergehend emotional aus der Bahn gebracht und ist wieder so schnell verschwunden wie sie aufgetaucht war. Ihr Gesicht verschamm in meiner Erinnerung an sie, aber der Eindruck, den sie auf mich hinterlassen hatte, bleibt. Vielleicht die einzige Person und nicht nur Frau, die mich in einer so kurzen Zeit in meinem Leben so beeindruckt hatte. Vielleicht wäre im meinem Leben alles anders gekommen, wenn ich sie wiedergesehen hätte. Ich hatte es ja versucht, sie zu kontaktieren. Als ich endlich ihre Telefonnummer, die in ihren Bewerbungsunterlagen stand, gefunden hatte, rief ich die Telefonnummer an und mir zitterte dabei die Hand. Eine männliche Stimme meldete sich, und auf meine Frage nach Adelheid wurde ich damit beschieden, dass sie dort schon seit einiger Zeit nicht mehr wohnte. Sie habe einen Job in einer anderen Stadt gefunden. Der neue Wohnort sei ihm nicht bekannt, behauptete er. Das klang ein wenig nach einer Lüge. Aber wenn sie kein Interesse an dem Job hatte, für den sie sich bewarb, hätte sie uns das sagen müssen. Dass sie sich nicht wieder gemeldet hatte, zeigte aber auch, ich hatte sie nicht so persönlich beeindruckt, wie sie mich. Was aber auch für sie spricht, war, dass sie keine Reise- oder sonstige Kosten von uns verlangt hatte, was ihr gutes Recht gewesen wäre.

Sotiria schaute mich fragend an: „Ich hatte eigentlich gedacht, dass du so ein Autokrat bist, wenn auch gebildet. Jedenfalls zeigst du mehr Gefühle, als ich dir zugetraut hätte. Liebst du sie immer noch?"

„Nein, meine Liebe, geliebt habe ich sie ja nicht, dafür kannte ich sie nicht genug, aber ich glaube, dass ich die Erinnerung an sie liebe. Aber was hätte sein können, frage ich mich manches Mal!"

Jetzt war es an mir, etwas über Sotiria heraus zu finden:" Wie ist es mit dir? Hast du einen Freund?" Sie schüttelte den Kopf: "Zur Zeit habe ich keinen Freund. Ich hatte schon Freunde, aber bevor es ernst wurde, war es auch schon zu Ende. Mein Problem ist, dass viele griechische Männer ein Rollenverständnis verinnerlicht haben, das überholt ist. Der Mann ist stark und die Frau ist schwach. Eine selbstbewusste Frau, so scheint es, passt nicht in ihr Weltbild. Das merkwürdig an der Sache ist, dass in den meisten Fällen die Mutter oder Grossmutter das eigentliche Familienoberhaupt zu seien scheint. Diese Mütter erziehen ihre Söhne in dem Sinne, dass sie etwas Besseres als Frauen sind!" Sie zog zornig ihre Augenbrauen zusammen und schlug mit der Faust auf den Tisch.

Was dann geschah, muss man sich so vorstellen, dass Sotiria von unserem Tisch, an dem wir saßen abrupt aufstand und ohne ein Wort zu mir in Richtung Tanzfläche ging. Kurz bevor sie die Tanzfläche erreichte, drehte sie sich zu mir um, lächelte mir zu und begann sich im Rhythmus der Musik zu wiegen. Mit zwei, drei raschen Schritten war sie fast in der Mitte der Tanzfläche. Man muss es gesehen haben, denn niemand kann erklären oder beschreiben, welche Transformation durch das Publikum ging. Ich kam nicht umhin regelrecht eifersüchtig zu werden. „Mein Gott", schoss es mir durch den Kopf, „ so müssen die Göttinnen des Olymp ausgesehen haben." Die meisten der Gäste, denke ich, waren Griechen, die nicht nur

Sotirias Tanzkünste bewunderten sondern sicher auch ihre erotische Ausstrahlung. Aber es gab ganz bestimmt auch eine Menge Touristen an den Tischen im Lokal, die ebenso wie ich den Tanz nicht verstehend, einfach nur den gebotenen Anblick genossen.

Sotirias schwarze Haare hingen ihr bis auf die Schultern und machten die Wellenbewegungen ihres Körpers mit, wenn sie sich sachte in den Hüften wiegte. Dann wieder ließ sie ihre Hüfte kreisen und ruckweise nach einer Seite stoßen. Ich bin ja kein Experte für orientalische Tänze, aber ich glaube es gibt Gemeinsamkeiten in den Ausdrucksformen der Tänze auf dem Balkan und im Orient. Auch die Musik hatte Anklänge an orientalische Musik. Ich liebe eigentlich griechische Musik, aber die vielen Halbtöne, an Stellen, wo sie das Ohr nicht hören mochte, waren schon Gewöhnung bedürftig. Was Sotiria bot, war den Bauchtänzen im Orient nicht unähnlich. Wenn auch erotisch in der Form und im Ausdruck, wie Sotiria tanzte, so schien es bestimmt nicht ordinär. Ich hatte in Ägypten, Jordanien und Nordafrika Tanzvorstellungen für Einheimische gesehen und vieles, was geboten wurde, fand ich obszön. War doch der Bauchtanz ursprünglich nichts anderes als die Vorführung von erotischen Verführungsbewegungen.

Sotiria tanzte! Was für ein Anblick, ein weißer, grob gestrickter relativ eng anliegender Pullover, der eine Schulter und den Halsausschnitt frei ließ, ihre schönen Brüste hervorhob und weiter darunter enge ausgewaschene Blue Jeans mit tiefem Hüftansatz, die von einem breiten Ledergürtel gehalten wurde. Ihre Jeans steckten in hellbraunen Lederstiefeln, die bis über die Waden gingen und daher ihre schlanken Beine noch stärker hervorhoben. Sie drehte sich im Tanz und als sie sich in meine Richtung wandte, hatte sie den Kopf leicht nach unten geneigt und die Augen geschlossen. Dann öffnete sie ihre Augen, hob ihren Kopf ein wenig, lächelte und sah dann kurz in meine Richtung. Aus dem zumeist männlichen Publikum kamen begeisterte Rufe und mindestens zwei Teller krachten auf die Tanzfläche. Ein Mann, der wohl hinter mir stand, schlug mir auf die Schultern und rief etwas auf Griechisch über die Musik und die Rufe hinweg. Ich drehte meinen Kopf und fragte den Mann auf Englisch, was er gesagt hatte. Alles was er heraus brachte, war: „You lucky, you lucky!", dabei lachte er und mit dem Kopfe nickend verdrehte er seine Augen. Auch ich lächelte ihn freundlich an und nickte auf griechische Art mit dem Kopf, wobei ich „aber ja" in der Landessprache sagte.

Er fuhr in seinem gebrochenen Englisch fort, und was ich verstand, war ungefähr, dass Sotiria wie eine junge Göttin aussähe, wenn sie tanzte. Ich fragte zurück, wie denn junge tanzende Göttinnen aussehen. „Eben wie ihr Mädchen dort", meinte er. Einen kleinen Augenblick wollte ich stolz auf die Bemerkung sein, dass Sotiria mein Mädchen wäre, aber irgendwie fand ich die Unterhaltung dann doch albern. Um ihn auf den Arm zu nehmen konnte aber nicht anders als zu fragen, ob er denn schon einmal eine tanzende Göttin gesehen hätte. Er grinste nur und sagte: „Hunderte", und wendete sich von mir ab, um Sotiria weiter beim Tanzen bewundern zu können. Ohne seinen Blick abzuwenden, nahm er die letzten beiden Oliven von seinem Teller und warf ihn auf die Tanzfläche. Als ob nichts geschehen wäre, wie bei den ersten auf der Tanzfläche landenden Tellern, bewegte sich Sotiria weiter ihre Hüfte schwingend. „Welcher

Mann", schoss es mir durch den Kopf, „würde diese schöne Frau mit diesem herrlichen Körper nicht in die Arme schließen wollen."

Sotiria tanzte einen Tsifteteli, wie sie mir hinterher, nachdem sie wieder bei mir am Tisch saß, erläuterte. „Der Tsifteteli ist meist ein spontaner Ausdruckstanz", erklärte sie mir, „bei der die oder der Tanzende die Schritte zu der Musik improvisiert."

Wie sich später herausstellte hatte sie ein wenig geflunkert, denn es ist eigentlich auch ein Tanz der Frauen oder Paartanz mit erotischem Hintergrund. Oft handelt dieser Tanz von unerfüllter Liebe und Sehnsucht, aber das sagte sie mir erst viel später.

Die Musiker machten eine Pause und Sotiria kehrte an unseren Tisch zurück, wobei ihr einige Männerblicke folgten. Ich müsste lügen, wenn ich sagte, dass ich nicht stolz gewesen wäre, dass diese schöne junge Frau zu mir gehörte. Auch mein Tischnachbar nickte wohlgefällig.

Wir sprachen Belangloses auch über dieses Stadtviertel, in dem sich die Lokale befinden, wo sich die Einheimischen treffen. Fast jedes der Lokale und Restaurants hat seine eigenen Musiker, die aber auch die Ortschaften wechseln. Die Musik setzte wieder ein und Sotiria forderte mich auf mit ihr zu tanzen, aber ich gab ihr freundlich und bestimmt zu verstehen, dass ich die griechischen Tänze nicht kennte und befürchtete mich lächerlich zu machen. Sie wiedersprach mir, aber ich wiederholte, nicht tanzen zu wollen, weil ich überzeugt war dann wirklich wie die albern wirkenden Touristen aussähe, die sich zum Affen machten. Sie verstand die Redewendung allerdings nicht und schlug vor, dass wir stattdessen gingen und sie lüde mich zu sich nachhause ein, wo sie mir einige Tanzschritte beibringen wollte. Bei einer späteren Gelegenheit würde ich mich nicht schämen müssen, mit ihr zu tanzen.

Ich verlangte nach der Rechnung und überschlug den Rechnungsbetrag, der mir angebracht und fair erschien. Ich legte einen Geldschein auf den Tisch und der Kellner zählte das Wechselgeld ab. Wir hatten einen schönen Mercouri Roditis mit Vigonier getrunken und ich hatte Sotiria noch ein Kompliment wegen der guten Wahl gemacht. Der Kellner wollte gerade die Flasche abräumen, als ich ihm zu verstehen gab, dass ich sie noch einmal ansehen wollte. Er hatte nicht mitbekommen, dass ich seinen Betrug gemerkt hatte, mir einen höheren Preis für einen ganz anderen Wein zu berechnen. Auf der Rechnung stand statt des Mercouri eine Flasche Feggites, die dreißig Prozent teurer ist. Es geht hier nur um vielleicht vier bis fünf Euro, aber Betrug ist Betrug. Sotiria hatte mitbekommen, um was es ging. Es gab einen schnellen Wortwechsel zwischen ihr und ihm, und wie elektrisiert rückte er einen weiteren Betrag heraus. Als wir aufstanden rief Sotiria triumphierend in seine Richtung und schüttelte dabei ihre Hand in seiner Richtung: „Nicht mit mir mein Freund!" allerdings auf Deutsch. Ich sah, dass sie ein Lachen über ihren Scherz unterdrücken musste.

Schließlich verließen wir das Lokal, gingen einig Schritte bis zu eine größeren Straße, um uns ein Taxi zu Sotirias beziehungsweise Elenis Wohnung zu nehmen, die Sotiria ja in Abwesenheit der Mutter hütete. Durch den kleinen Flur gelangten wir in das einfach aber geschmackvoll eingerichtete Wohnzimmer. Sotiria zeigte auf das Sofa und forderte mich auf Platz zu nehmen, während sie aus der Küche etwas zu trinken holen wollte. Ich setzte mich, schaute mich um und stellte mir die Frage, ob mein Vater auch hier gewesen war und vielleicht sogar auf demselben Sofa gesessen hatte. Sotiria rief aus der Küche und wollte wissen, was ich trinken mochte. Sie hätte Wein, Bier und Wasser zur Auswahl. Ich rief zurück, gegen ein Bier nichts einzuwenden zu haben.. Sie kam mit einem Tablett zurück, auf dem eine Flasche Wein, ein Weinglas, eine Flasche Bier und ein halbvolles Bierglas standen. Sie setzt das Tablett auf den Tisch und erklärte mit einem Lachen, sie hätte das Bier schon einmal eingeschenkt, da man nie wissen konnte, ob die Flasche geschüttelt oder schon einmal warm geworden war und dann beim Öffnen überschäumte. Wir ergriffen die Gläser und prosteten uns zu. Dann meinte sie, dass wir ein paar Tanzschritte zusammenüben sollten, damit ich sie bei einem der nächsten Male begleiten könnte, ohne mich schämen oder blamieren zu müssen. Wir standen auf und Sotiria schlug vor, die ersten grundlegenden Schritte ohne Musik zu üben, während sie den für Mitteleuropäer eher ungewöhnlichen 9/4 Takt zählte. Sie erklärte, dass wir zunächst zusammen ein paar Schrittfolgen Zeimbekiko für Männer durchführen sollten. Sie werde auch die Schritte für Männer ausführen und ich sollte einfach nachmachen, was sie täte.

Wir standen in der Mitte des Raumes und sie legte ihren Arm um mich und ihre Hand auf meine Hüfte. Ich tat es ihr gleich, indem ich meinerseits meinen Arm um sie legte. Was mir besser gefiel in dem Moment kann ich nicht sagen, ihre warme Hand auf meiner Hüfte oder das wunderschöne Gefühl, diese junge gertenschlanke Person quasi im Arm zu halten. Sie hatte es bemerkt, dass ich mich nicht konzentrierte und ermahnte mich: „Konzentriere dich Gerd. Wir haben später noch genug Zeit uns zu betatschen!" Sie prustete los vor Lachen und kriegte sich ein bis zwei Minuten nicht wieder ein. Ich glaube sie hatte von dem Wein im Lokal einen kleinen Schwips. Dann übten wir vielleicht zehn Mal die gleiche Schrittfolge. „So", meinte sie, „jetzt du, alleine drei Mal, dann drehst du dich auf dem linken Bein zwei Male um dich herum. Aber jetzt hebst du die beiden Arme und schnippst mit rhythmisch mit den Fingern wenn du kannst. Der Rest kommt von alleine gleich mit Musik."

Weiter folgten für ungefähr eine halbe Stunde Tanzübungen, dann ging Sotiria zum einem Wandschrank in dem ein kleiner Musikturm stand. Sie legte eine CD ein und erklärte, dass wir dann zusammen zu Manos Loizos Musik einen Zembekiko tanzen würden. Ich sollte weiterhin die Schritte tanzen, die sie mir beigebracht hatte und sie würde dazu die Frauenschritte machen. Die Musik begann, Sotiria hob die Arme und machte kleine Schritte nach links und rechts, wobei sie sich leicht um die Hüfte drehte. Sie schnippte mit den Fingern und nickte mir zu. Es klappte wunderbar und es fing an, mir richtig Spaß zu machen. Sotiria tanzte langsam um mich herum und meine Schritte durchgehend, tanzten wir mit erhobenen Armen immer wieder aufeinander zu. Nie war mir so deutlich geworden, wie in diesen Augenblicken, dass Musik und Sprache untrennbar miteinander in einer Kultur verbunden sind. Als die Musik endete, kam Sotiria auf mich zu, klatschte in die Hände und meinte, wir wären das nächste Mal, wenn wir zusammen Tanzen gingen, ein tolles Paar auf dem Parket. Sie legte einen Arm um mich und führte mich zurück zum

Sofa. Wir setzten uns und Sotiria meinte, dass Tanzen durstig machte und wir uns jetzt einen Drink verdient hätten. Sie schenkte die Gläser noch einmal nach und wir tranken und prostend uns wieder zu.

Nachdem sie ihr Glas zurückgestellt hatte, ließ sie ihre Hand wie zufällig auf meinen Oberschenkel fallen. Ihr Gesicht kam meinem ganz nahe, so dass ich ihren Atem über meine Wange streichen spürte: „Es war schön mit dir zu tanzen. Das macht Spaß! Du kannst mich ‚Roúla' nenne, wenn du magst, Gerd. Das ist mein, wie sagt man auf Deutsch, Kosenamen."

Ich hörte kaum hin, oder um die Wahrheit zu sagen, konnte nichts hören, da ich nur ihre warme Hand auf meinem Schenkel fühlte und die aufregende Melange aus Körpergeruch und den exotischen Düften ihres Parfums wahrnahm. Was Vater so unverständlich gesagt hatte, fand hier eventuell eine unerwünschte Bestätigung – Roúla könnte meine Halbschwester sein. Aber sie hatte nichts, aber auch gar nichts von Vater, dachte ich. Indes kam ihr Gesicht immer näher. Wollte sie mich küssen? Aber ihr Mund war jetzt ganz nahe an meinem Ohr und flüstert: „Weißt du eigentlich, dass du ein netter Kerl bist? Ich mag dich, Gerd. Seit du vor mir an der Türe gestanden bist, finde ich dich nett!"

Ich hatte meine Hand auf ihrer mir zugewandte Schulter gelegt, nahm sie jetzt allerdings schleunigst zurück und rückte ein wenig von ihr ab. Ich denke, ich hätte sie in den Arm genommen und mich vielleicht zu etwas hinreißen lassen, wenn sie nicht gesagt hätte, ‚Roúla' sollte ich zu ihr sagen. Sie hatte natürlich bemerkt, dass ich auf Distanz gegangen war.

Ganz offen fragte sie: „Was ist los, habe ich etwas falsch gemacht oder etwas Falsches gesagt? Ich dachte du magst mich auch?"

Ich schaute in diese schönen Augen. Sah ich da ein Tränchen schimmern, und ich entgegnete vorsichtig: „Du hast ganz bestimmt nichts falsch gemacht oder etwas Falsches gesagt. Du bist wunderschön", und dann log ich, obwohl es auch gut die Wahrheit sein könnte, „ich mag dich sehr, vielleicht mehr als im Moment gut ist! Es geht mir ein wenig zu schnell."

„Dann ist es gut Gerd, wir hatten einen schönen Tag zusammen und vielleicht hast du Recht. Wir sollten nichts überstürzen. Wir trinken jetzt noch ein bisschen Bier und ich Wein, dann rufe ich dir ein Taxi, das dich zu deinem Hotel bringt. O.K.?"

So machten wir es. Wir saßen noch eine Weile befangen zusammen. Aber so sehr wir uns auch bemühten, es wollte keine richtige Unterhaltung mehr in Gang kommen. Schließlich stand Sotiria auf und ging zum Telefon. Sie sprach schnell in den Hörer, wandte sich dann mir zu und fragte, ob ein Taxi in zirka 5 Minuten in Ordnung wäre. Ohne auf meine Antwort zu warten, sagte sie, er werde läuten. Nach einiger Zeit erklang die Türglocke. Sotiria brachte mich zur Tür und ohne zu fragen nahm sie mich in den Arm, und als ich mich aus der Umarmung löste, gab sie mir einen Kuss. Kaum hatte ich mich von der Überraschung erholt, schob sie mich zur Tür hinaus. Sie rief hell lachend hinter mir her: „Geh mein scheuer Liebhaber, schlaf gut und süß Träume. Du weißt von wem!"

Zurück im Hotel hatte die Bar noch auf. Gott sei Dank, Ich brauchte jetzt dringend etwas, um einen klaren Kopf zu bekommen und meiner Gefühle Herr zu werden. Natürlich wusste ich Alkohol würde mir keinen klaren Kopf verschaffen – im Gegenteil! Die Bar war fast leer. Hinten in der Lobby saß ein älteres Paar. Er las in der Zeitung und sie in einem E–Book. Vor beiden stand ein Glas mit einem orangenen Cocktail, der je zur Hälfte geleert ist.

Der Barmann, der mich inzwischen kannte, fragte mich, was es sein dürfte. „Schon gut", sagte er, „es muss ein harter Tag gewesen sein. Sie schauen niedergeschlagen aus. Ein doppelter Mastix gefällig?"

„Was ist das?" wollte ich wissen.

„Ein ekeliges Zeug, das aus dem Gummisaft eines Baumes gemacht wird. Ist wohl ein Abfallprodukt der Kaugummiherstellung – glaube ich."

„Wozu ist das gut?"

„Es hat 72% Alkohol und betäubt!"

„O.K., dann her damit und bitte noch ein Bier. Ein griechisches, wenn ich bitten darf und nicht dieses holländische Zeug aus Mais gebraut!"

„Sehr wohl der Herr", antwortete er, dann zapft er das Bier an und einen Moment später stellt er den Mastix vor mich hin. Erwartungsvoll schaut er mich an: „Gäste, die wissen, was gut ist, sind mir die liebsten!", und dann: „was ist? Wollen sie ihn nicht trinken?"

„Ich warte auf das Bier, um ihn hinunterzuspülen, wenn er denn so ekelig ist!"

Dann war es soweit. Das Bier stand vor mir und ich griff nach dem Glas, in dem sich der milchig weiße Mastix befand. Ich schüttete ihn in mich hinein und es schüttelte mich, aber nicht vor Ekel, der ist zu ertragen. Es war der Alkohol, der mir fast die Kehle verbrannte. Schnell stürzte ich das Bier hinterher.

„Na", sagte der Barmann, „geht's? Noch ein Bier?" Ich nickte stumm. Das neue Bier kam. Er lachte und erklärte: „Das geht jetzt aufs Haus. Ich hätte ihnen sagen müssen, dass wir zum und im Mastix und Ouzo meistens Wasser trinken. Jamas!"

Nach dieser Episode an der Bar ging es mir besser und ich war gedanklich nicht mehr so aufgewühlt. Ich musste zugeben, dass mir im ersten Moment nach Sotirias Angebot sie „Roúla" nennen zu dürfen, alle möglichen Dinge durch den Kopf gegangen waren und mich beunruhigt hatten, sich nun eine gewisse Gelassenheit meiner bemächtigte. Es war mir nicht egal, wer sie war, ganz im Gegenteil, sie war eine schöne begehrenswerte Frau, deren Gegenwart ich schätzte.

Mein Mietauto hatte ich ja schon zurückgegeben, da es praktisch unmöglich war, in der Nähe des Hotels einen freien Parkplatz zu finden. An der Rezeption bot man mir an, das Fahrzeug bei einem befreundeten Hotel unterzustellen. Es war ungefähr 15 Minuten Fußweg entfernt und sollte acht Euro die Nacht kosten. Wenn ich das Auto dort den ganzen Tag parken wollte, kostete es natürlich das Doppelte. Das Angebot lehnte ich freundlich ab, nachdem ich kurz überschlagen hatte, wie oft und weit ich mit der U–Bahn stattdessen fahren könnte.

Die nächsten zwei Tage verbummelte ich während ich auf irgendwelche Nachrichten von und über Eleni wartete. Einer Eingabe folgend, als ich an der U–Bahnstation Kerameikos stand und den Fahrplan aus Neugierde studierte, beschloss ich einmal mit der S–Bahn nach Piräus zu fahren. Ich war in der Vergangenheit schon ein paar Mal in Piräus gewesen, aber ich hätte den Hafen und die Umgebung fast nicht wieder erkannt. Von der S–Bahn Endstation sind es nur ein paar hundert Schritte bis zum Hafen, den man vom Vorplatz des Bahnhofes rechter Hand schon sehen konnte. Es ist nicht weit zu den größeren Hafenbecken, in denen Seite an Seite große Kreuzfahrtschiffe lagen.

Noch schien die Sonne und die kleinen Garküchen, in deren Schaufenster die angebotenen Speisen zu begutachten waren. Dichter Qualm von den Zigarettenrauchern waberte aus den geöffneten Fenstern. An einem Grill, an dem ich vorbei kam, duftete es verführerisch, aber als ich mir das Lokal durch das große Fenster anschaute, beschloß ich, dass ich keinen Hunger und Appetit haben würde, bis ich an meinem Hotel zurück war. Der Angestellte, der das Fleisch mit einem langen flachen Messer vom Drehspiess schnitt, sah aus als ob er dringend einen Garderobenwechsel und ein neues Taschentuch benötigte, mit dem er sich den Schweiß von der Stirne wischte.

Auch wollte ich mir einen anderen Weg zurück zum Bahnhof suchen, um noch in die Hinterhöfe zu schauen, wo das Laster hausen sollte. Dann war ich an dem Teil des Hafens angelangt, von dem aus die Fähren auf die vielen Inseln abgingen. Wie eine Fähre nach der anderen ablegte, kam bei einigen von ihnen laute Musik aus den Deckslautsprechern. Während ich die Namen der Fähren und die Inseldestinationen las, die auf grossen Tafeln standen, die an der Schiffs Reling angebracht waren, setzte ich mich auf einen Poller – es kam Fernweh auf!

Nach einer Weile beschloß ich zurück zum Bahnhof zu gehen, da ich beim besten Willen nicht wusste, was ich da noch machen sollte. Musik drang auch hier aus einem Lokal, an dem ich vorbei kam, und manche Gäste, die an dem Bartresen standen, klatschten den Rhythmus mit und sangen dazu. Das klang nicht unbedingt schön, hatte aber Atmosphäre, so dass man sich schon wünschte, dabei sein zu dürfen. Aber ich war Zaungast und ging schnell weiter, als einige Gäste bemerkten, dass ich stehen geblieben war uum ihnen zuzusehen.

Abends war ich wieder in dem Grill mit dem freundlichen Patron gegangen, mit dem ich während des Essens und danach ein paar Bierchen trank. Er war neugierig und wollte wohl gerne wissen, was ich die ganze Zeit in Athen machte. Es schien mir sinnlos, ihm erklären zu wollen, was der eigentlich Grund meines Aufenthaltes war, also sagte ich ihm, dass ich in Athen sei, um es lieben zu lernen. Er schaute mich an, als ob er in mir einen Irren sähe, doch dann lachte er, griff hinter sich nach einer Ousoflasche und knallte dann zwei Gläser vor uns hin. Er schenkte ein, hob das Glas und rief: „Jamas" und wir tranken uns zu. Er lachte immer noch, nachdem er das Glas wieder abgesetzt hatte und meinte, dass das was ich gesagt hatte, das Schönste sei, was er bisher von Touristen gehört hätte. Als ich mich schließlich verabschiedete, ludt er mich für den nächsten Tag ein. Unvermittelt duzte er mich: „Wie heißt du? Ich heiß Ioannis!" Ein wenig verdutzt erwiderte ich: „Gerd".

„Schöner Name", sagt er, wobei er die Rs rollt. „Komm morgen wieder Gerd, ich mache uns ein schönes Moussaka."

An diesem Abend war ich mit mir und der Welt zufrieden und ging auch nicht mehr an die Bar, sondern sofort auf mein Zimmer.

Sotiria schlief die Nacht unruhig und wachte mehrmals auf, weil ihr immer wieder die gleichen Gedanken an den fremden Besucher aus Deutschland, wie im Kreis, durch den Kopf gingen. „Was machte er hier in Athen? Wonach suchte er und was wollte er von Mutter wissen? Es musste wohl wichtig sein, sonst bliebe er nicht so lange in Athen auf die Ungewissheit hin, dass es der Mutter wieder besser ginge. Gab es etwas in der Vergangenheit unserer Mutter, was Haris und ich nicht wissen?"

Die Antworten auf ihre Fragen an ihn, hatten sie am Anfang noch zufrieden gestellt, aber je öfter sie ihn sah, umso beunruhigter wurde sie. Sie mochte ihn gern und fand ihn sehr sympathisch, weil er gebildet war und Humor hatte. Außerdem mochte sie ihn als Mann. Erst gegen Morgen wurde ihr bewusst, dass sie weniger die Frage beantwortet haben wollte, warum er ihn Athen war, sondern ob er etwas für sie empfand. Als endlich der Morgen kam, stand ihr Entschluss fest; sie wollte Gerd näher kennenlernen und ihre Gefühle für ihn auf den Prüfstand stellen. Sie musste und wollte es wissen, ob er auch mehr für sie als Sympathie empfand. Sie würde auf eine günstige Gelegenheit warten und ihn dann auch ganz direkt fragen.

Sie bereitete sich einen Kaffee mit ihrem schweizer Kaffeeautomaten zu. Sie mischte sich ihre Kaffeesorten stets selber aus milderen importierten Sorten und den stärker gerösteten griechischen Kaffeebohnen, die an italienischen Espresso erinnerten. Mit ihrer Tasse ging sie ans Fenster und schaute hinunter auf die Straße und beobachtete die Menschen, die anscheinend zielstrebig irgendwohin liefen. Da wurde ihr klar, dass sie die Initiative ergreifen musste, anstatt auf eine gute Gelegenheit zu warten, sich Klarheit über das Verhältnis zu Gerd zu verschaffen.

Den Morgen und den halben Nachmittag hatte ich damit zugebracht vom Omoniaplatz zum Syntagma Platz zu schlendern und dann gegenüber am griechischen Parlament die Wachablösung anzuschauen. Es war schon ein ziemliches Spektakel, dass immer wieder interessant war und eine Menge Touristen anzog, wenn die Ehrenwache der Evzonoi in ihren traditionellen Uniformen mit weißen Jacken, an denen Rüschenröcke angesetzt sind , oder sollte man lieber sagen Kostümen, auf und ab paradierten, um dann von der nächsten Garde abgelöst zu werden. Vor Jahren hatte ich das Vergnügen an einem Sonntag die Wachablösung mitzubekommen. Dann marschierten die Garden mit Musikbegleitung von der Kaserne zum Parlamentsgebäude und auf dem Boulevard davor.

In einem der Straßencafés am Syntagma Platz gegenüber vom Parlamentsgebäude wollte ich einen Café trinken und ein wenig ausruhen, aber die vielen Tauben hatten mich vertrieben. Sie wurden von den bescheuerten Gästen an den Tischen gefüttert, und flatterten auch mir um den Kopf, bevor ich mich setzen konnte. Am Schluss bin ich bis zum Hadrianstor gewandert, die Plaka rechts von mir liegen lassend, und hatte mich auf einer Bank im Parkgelände des archäologischen Tempels dahinter ausgeruht.

Als ich ins Hotel zurückkam, wedelte der Hotelangestellte an der Rezeption mit einem Zettel und winkte mir zu, dass ich zu ihm kommen möchte. „Sie sind ein vielgesuchter Mann Herr Albrecht", meinte er lachend, „es scheint, die Damenwelt Athens verfolgt sie. Fräulein Sotiria Chrisantopoulos hat für sie eine Nachricht hinterlassen."

Auf dem Zettel, den er mir überreichte, stand, dass sie gegen 20 Uhr am Hotel vorbeikäme und mit mir essen gehen möchte, wenn es mir recht wäre. Das war mir in der Tat recht und ich würde sie mit zu meinem neuen Freund Ioannis vom Grill nehmen, damit sie einmal miterlebte, wen ich schon alles in Athen kannte.

Wie fast schon gewohnt kam sie zu spät – dieses Mal aber nur eine halbe Stunde. Ich saß in der Lobby als sie hereingestürmt kam. „Entschuldige, dass ich ein bisschen spät dran bin, aber ich musste noch etwas für morgen organisieren", sagte sie, beugte sich zu mir herunter und hauchte mir ein Küsschen links und rechts auf die Wangen. „Können wir gehen? Ich erkläre dir alles unterwegs", fuhr sie fort, „ich weiß ein nettes Lokal nicht weit von hier. Die machen die besten Fleischspiesse in ganz Athen. Ich habe zwar keine Reservierung, aber man bekommt fast immer einen Tisch. Zur Not müssen wir ein wenig warten und gehen noch einmal eine Runde spazieren."

Ich stand auf, nahm sie am Arm und zog sie in Richtung Tür. Draußen angekommen machte ich mich mit ihr auf den Weg zum Lokal meines neuen Freundes Ioannis gegenüber am Platz. Auf ihre Frage, wohin ich sie führte, teilte ich ihr einfach mit, dass ich auch ein nettes Lokal kannte und wir dort ebenfalls keine Reservierung benötigten. Als wir über den Platz liefen und wir zu dem Grill kamen, schaute mich Sotiria überrascht an: „Hier wollen wir essen?"

„Ja, meine Liebe, wir sind eingeladen!"
Wir waren kaum eingetreten, da erkannte uns der Patron und kam hinter dem Tresen hervor und begrüßte mich überschwänglich: „Ah, willkommen mein neuer Freund Gerd, schön dass du da bist. Da hinten der Tisch ist für dich. Wen hast du uns denn da mitgebracht? Herzlich willkommen schöne Frau. Sind Sie eine Freundin von meinem Freund hier? Ti kanéte/wie geht's euch?" Er ließ weder mich noch Sotiria zu Wort kommen und führte uns an den Tisch, an dem

zwar drei Stühle standen, aber nur ein Gedeck aufgelegt war. „Setzt euch, setzt euch! Ich bringe gleich noch ein Gedeck und Besteck. Was möchtet ihr trinken? Weißwein, Rotwein, Bier oder Wasser? Ich habe einen schönen offenen Landwein aus Kalamata", sprudelte es aus ihm heraus. Er schien sich wirklich aufrichtig zu freuen, dass wir gekommen waren. Ohne abzuwarten, was wir denn zu trinken wünschten, verschwand er wieder hinter seinem Tresen. Dann kam er wieder und brachte eine Tablett mit, auf dem sich noch ein Gedeck; Besteck, drei Gläser, eine Karaffe mit Weißwein und mehrere Schalen mit Oliven und anderen Appetitmachern befanden. Er stellte alles auf den Tisch. Das Gedeck legte er mit dem Besteck vor Sotiria auf. „So", sagte er, „jetzt können wir uns bekannt machen, junge Frau. Ich heiße Ioannis. Sprechen Sie Deutsch? Sind Sie auch eine Deutsche? Sollte ich besser Griechisch mit ihnen sprechen? Aber erst einmal trinken wir einen Schluck", und er schenkte von dem goldgelben Wein ein, ohne eine Antwort abzuwarten. Wir prosteten uns zu und dann schaute er Sotiria fragend an.

„Sie können mit mir Deutsch reden, aber ich versuche es einmal mit Griechisch", scherzte sie. Dann stellte sie sich wohl auf Griechisch vor, nahm ich an, weil ihr Name fiel. Mit offenem Mund hatte Ioannis Sotiria zugehört. Nachdem sie geendet hatte, machte er ihr ein großes Kompliment und meinte, sie hätte kaum einen Akzent, was bemerkenswert für Deutsche wäre. Sotiria schüttelte sich vor Lachen und erklärte ihm, dass sie Griechin sei.

„Das hast du fein hin bekommen, mich auf den Arm zu nehmen, Sotiria! Ich darf doch ‚du' sagen? Darauf trinken wir noch einen

Schluck!", er schenkte nochmals nach und wandte sich zum Gehen, um uns das Essen zu bringen, wie er sagte.

Wir hatten begonnen, uns von den Vorspeisen zu bedienen und ich fragte Sotiria, was der Grund für ihr Zuspätkommen gewesen war, beziehungsweise, was sie so Wichtiges zu organisieren hatte. Sie wollte vorschlagen, wenn es mir recht wäre, zusammen das Wochenende in dem Wochenendhaus der Familie auf Andros zu verbringen. Das Haus liege oberhalb des Strandes „Goldener Sand" zwischen Ydrousa und Kipri in Fußweg Entfernung. Wie der Name schon sagte, hätten sie dort einen wunderschönen goldenen Sandstrand, behauptete sie. Der nächste Tag sei Freitag und wir müssten auch nicht mit der Fähre nach Andros fahren, sondern einer ihrer Vettern, Lefteris, sei Fischer und besitze ein kleines Fischerboot. Er würde uns in Porto Rafti gegen Nachmittag an Bord nehmen und uns in Gavrio auf Andros absetzen. In Gavrio hatte sie schon ein Auto gemietet, mit dem wir dann nach Ydrousa zum Wochenendhaus fahren würden. Ein Auto brauchte man dort schon, da es in der Nähe des Hauses keinerlei Einkaufsmöglichkeiten gebe. Der Vetter führe weiter nach Süden um zu fischen und würde uns Sonntagmittag wieder abholen, da sie am Sonntag nicht arbeiteten. Sotiria schaute mich fragend an: „Was sagst du dazu?"

Das Angebot, mit ihr das Wochenende verbringen zu können, war zu verlockend, als dass ich ‚nein' sagen konnte. Alle Bedenken über Bord werfend nickte ich und wollte ihr gerade erklären, was für eine tolle Idee es war, als Ioannis Frau mit einem Tablett mit einer Auflaufform mit dem Moussaka aus der Küche kam. Ioannis kam ebenfalls hinter der Theke hervor, setzte sich zu uns an den Tisch und stellt uns seine Frau Vassilia vor. Er bat sie uns vorzulegen. Als sie uns bedient hatte, trat sie mehrere Schritte zurück und holte eine Pocketkamera aus ihrer Schürzentasche. Ioannis stellte mehr fest, als das er fragte, dass wir doch sicher nichts dagegen hätten, wenn seine Frau ein paar Erinnerungsfotos machte. Sotiria und ich nickten unsere Zustimmung und Vassilia machte ein paar Fotos, bei denen wir drei fröhlich in die Kamera lachten. Dann, als ob ihm die Idee erst in dem Moment gekommen war, meinte unser Freund sinnend, wie schön es wäre, wenn er die Fotos für Werbungszwecke verwenden könnte. Er wollte statt ‚Grill' nun ‚Ioannis Taverna' draußen auf das Schild über der Türe malen lassen. In einer lokalen Zeitung wollte er dann eine Reklame mit unserem Foto und dem Titel „ In Ioannis Taverna" treffen sich gerne Touristen und Griechen." schalten lassen. „Großartige Idee, Ioannis", sagte ich, worauf er sich scheinbar kindisch freute. Wir wussten nicht, ob er so reagierte, weil sein Plan aufgegangen war oder ob er sich freute, dass uns die Idee gefiel. „Nun esst!", forderte er uns auf und verschwand wieder hinter seinem Tresen. Vassilia stand noch einen Moment an unserem Tisch, wohl um zu sehen, ob es uns schmeckte. Sotiria machte ihr ein paar Komplimente, und weil mein Namen fiel, bedankte sie sich auch wohl für mich.

Wir hatten es uns schmecken lassen und bevor wir aufgegessen hatten, kam Ioannis mit der unvermeidlichen Flasche Ouzo und drei Gläsern wieder an unseren Tisch. Die besondere Aufmerksamkeit, die wir durch den Patron genossen, erregte die Neugierde anderer Gäste im Lokal. Einer der Gäste fragte in Ioannis Richtung etwas auf

Griechisch. Ioannis langte über den Tisch zu mir und klopfte mir auf die Schulter und rief dann: „Aber das ist doch mein Freund Gerd mit seiner Sotiria." Dann wiederholte er es auf Griechisch. Ich weiß nicht, was er auf Griechisch gesagt hatte, aber es klang so, als ob wir prominent wären. Irgendein Idiot hatte begonnen zu klatschen und bald hatten es ihm fünf andere Gäste nach gemacht. Ioannis schaute zufrieden lächelnd in die Runde und nickte wohlwollend. Er ging wieder hinter seinen Tresen zurück, nachdem er nochmals nachgeschenkt hatte. Die Flasche blieb auf dem Tisch stehen.

Schließlich meinte Sotiria, dass es Zeit sei zu gehen, da sie noch einiges für das Wochenende zu erledigen habe. Aber sie sagte leise nur für meine Ohren bestimmt, dass sie nichts mehr trinken möchte. Sie griff nach meiner Hand und mit engelgleichem Lächeln erklärte sie, wie sehr es sie freue, dass ich ihrem Vorschlagt angenommen hätte, mit ihr das Wochende auf der Insel zu verbringen. Ich nahm es ihr voll ab, wenn ich in ihr strahlendes Gesicht sah, als ich zustimmend nickte.

Wir standen auf und ich ging zum Tresen, um zu bezahlen. Ich bedankte mich bei Ioannis auf Deutsch und Sotiria setzte noch etwas überschwänglich auf Griechisch hinzu. Er kam sofort hinter dem Tresen hervor, klopfte mir auf die Schultern und schüttelte Sotiria die Hand. Er hätte mich doch eingeladen und die Getränke gingen selbstverständlich auch aufs Haus. Wenn es uns gefallen und geschmeckt hätte, freute er sich sehr und bedankte sich auch im Namen seiner Frau, dass wir gekommen waren, und uns zugesagt hätte, was sie uns aufgetischt hatten. Ich und selbstverständlich die charmante jung Frau seien immer herzlich bei ihm willkommen. Der

Patron begleitet uns zur Türe und verabschiedete uns noch einmal unter den uns begleitenden Blicken der anderen Gäste.

Wir versprachen wiederzukommen und beeilten uns, innen über den Platz gegenüber Ionnis Restaurant, in Richtung meines Hotels zu gehen. Auf Höhe des Eingangs zur Metro blieb sie stehen, schaute zur Seite und sagte mit leiser Stimme: „So wie ich dich kenne, wirst du mich sowieso nicht zu dir ins Hotel einladen, also fahre ich jetzt nach Hause, um mir eine Enttäuschung zu ersparen. Ich hole dich morgen um vierzehn Uhr am Hotel ab!"

Bevor ich mich versehen konnte, trat sie dicht an mich heran und küsste mich, wie schon einmal, auf den Mund. Dann lief sie ohne sich umzudrehen durch den Verkehr, winkte mir noch einmal zu, als sie auf der anderen Straßenseite angekommen war und verschwand im Metroeingang. Ich ging auf die andere Seite vom Platz, überquerte die Straße und ging um die Ecke zum Eingang meines Hotels. An der Rezeption verlangte ich meinen Schlüssel und erklärte, dass ich voraussichtlich mein Zimmer für zwei Nächte nicht brauchte und gerne mein Gepäck bei ihnen einlagern würde, wenn es möglich wäre. Der Concierge meinte, dass das allerdings nicht notwendig sei, da sie nicht ausgebucht seien, und dass das Hotel Langzeitgästen gerne entgegen komme.

Nachdem ich mich bedankt hatte und zum Gehen wandte, blickte ich in Richtung der Bar. Der Barkeeper winkte mir zu, aber ich nickte nur mit meinem Kopf das griechische ,nein'. Es war Zeit ins Bett zu gehen – getrunken hatte ich genug an diesem Abend. außerdem war ich müde und wollte meine Gedanken in Ordnung bringen. An diesem Abend schlief ich mit der Zuversicht ein, dass mir das Wochenende mit Sotiria Gewissheit geben könnte, was sie für mich bedeutete, ob ich etwas für sie und vor allen Dingen, *was* ich für sie empfand.

Richtig und lange ausgeschlafen ging ich spät zum Frühstück und trödelte so lange herum, bis ich vom Personal, das die Tische abräumen und das Frühstückszimmer putzen wollte, böse Blicke erntete, wie ich es deutete. Dann verliess ich den Frühstücksraum und das Hotel und ging zu den Kiosken um die Ecke, von denen ich wusste, dass sie Portemonnaies und Taschen anboten. Als ich fand, was ich suchte, hing da eine Segeltuchtasche, von der ich glaubte sie sei groß genug, um die Dinge aufzunehmen, die ich gedachte, mit auf die Insel zu nehmen. Ich fragte nach dem Preis auf Englisch. Der Preis, den der Verkäufer nannte, war natürlich viel zu hoch, aber ich wusste, ich würde die Tasche für zirka 40 Prozent des verlangten Preises bekommen. Also feilschten wir eine Weile, weil es einfach dazu gehörte, und nachdem er erklärt hatte, er verstünde, ich wollte ihn in den Bankrott treiben, einigten wir schließlich auf ein wenig mehr als ich geglaubt hatte, bezahlen zu müssen. Der Verkäufer strich das Geld ein und fragte mich lachend, ob ich sonst noch etwas brauchte. Ich verneinte, aber er zeigte auf die Auslagen und verlangte, dass ich es mir noch einmal überlegen sollte – alles gäbe es günstig zu einem Sonderpreis für *einen guten Kunden wie mich*. Doch ich blieb ebenso hartnäckig und erfüllte seine Hoffnung auf mehr Umsatz nicht.

Zurück im Hotel packte ich die Tasche und wie immer, konnte ich mich nicht entschließen, was ich mitnehmen wollte. Mir ging der auch von mir oft gebrauchte Satz durch den Kopf: „Wenn es ein Problem gibt, dann lösen wir Manager es!" Ich hatte kein Problem, sagte ich mir und nahm jetzt ohne zu zögern die erst besten Hemden zum Wechseln, einen Pullover, Ersatzhose, Unterwäsche und noch ein paar Sandalen aus den Schrankfächern. Alles passte prima in die Tasche aus Segeltuch.

Wenn Sotiria dieses Mal pünktlich wäre, müsste ich also nur noch um die zwei Stunden verbummeln. Tat ich dann auch mit zwei bis drei Bierchen und Lesen der internationalen Presse in der Hotellobby. Am Ende hätte *ich* beinahe die Zeit vergessen als Sotiria tatsächlich pünktlich erschien, um mich abzuholen.

Sie hatte sich ein kleines Auto von einer Freundin geliehen, erklärte sie mir völlig außer Atem, als sie mich am Hotel abholte. Wir müssten uns beeilen, da sie im Halteverbot nahe des Hotels stünde. Das Auto stand tatsächlich auf einer schraffierten Fläche kurz vor einer Verkehrsampel an der Einmündung der Straße zum Platz. Nachdem wir mein Gepäck auf dem Rücksitz verstaut hatten, zeigte Sotiria auf eine Art Windjacke und erklärte mir, sie wäre ein Überbleibsel von Alexandres Sachen nach seinem Auszug zuhause. Und sie fügte hinzu: „Es ist vielleicht ein bisschen dumm, aber Mutter konnte sich aus Nostalgie davon nicht trennen. Vielleicht ist sie auch nicht mehr in gutem Schuss, aber für dieses eine Mal ginge es sicher noch." Es war gut von ihr gemeint, weil ich sie trotz der Kürze der Überfahrt gut gebrauchen könnte. Sie musste eine prophetische Gabe gehabt haben, denn ich benötigte sie später wirklich.

Schließlich fuhren wir quer durch die Stadt am Likabetos Berg vorbei in Richtung auf den Leoforos Alexandras Boulevard. Hier riss der dichte Smog auf, der oft über der Stadt lag, und durch die helle Sonne erschienen die sonst grauen Blätter der Olivenbäume in einem leuchtende Silber. Der Boulevard führte uns später auf die Peripherie–Autobahn im Norden an Athen vorbei. Bei Pallini–Kesaria ging es weiter auf die Autobahn wieder in südliche Richtung. Irgendwann erreichten wir dann endlich die Abzweigung auf die Landstraße zum Hafen von Porto Rafti brachte.

Unterwegs versuchte Sotiria immer wieder meine Aufmerksamkeit auf Sehenswürdigkeiten entlang der Route zu lenken, aber ich hatte dafür kein rechtes Interesse – für meine hübsche Chauffeurin interessierte ich mich umso mehr. Ich genoss das nahe Zusammensein mit ihr, und wenn sie mir erklären würde, dass wir in der Nähe des Olympiastadions waren oder unterwegs zum Mond waren, machte für mich in dieser Situation kein Unterschied! Ich fühlte mich großartig und freute mich fast schon kindisch auf das Wochenende, allerdings nicht nur wegen meiner charmanten Begleitung, sondern auch wegen der Seereise.

Zügig hatten wir den Abzweig bei Kesaria hinter uns gelassen und fuhren dann durch endlose Olivenhaine, mit Baumreihen, die sich kilometerlang hinzogen. Ab und zu sahen wir allerdings auch Obstbäume. Obwohl einige der Olivenbäume sehr alt waren, war aber, so glaubte ich dem Augenschein nach urteilen zu können, hier das gleich geschehen, was in Spanien vor dem Beitritt zur EU passiert war. In Erwartung des Erhalts von Subventionen, sobald man EU–Mitglied war, wurden massenhaft Olivenhaine und Obstplantagen angelegt. Und an den Rändern der Haine wuchsen weit verästelte Feigenbäume, deren Duft glaubte ich selbst bei geschlossenen Fenstern wahrnehmen zu können.

Sotiria war vorsichtig und nicht sehr schnell gefahren, und trotzdem kamen wir nach knapp einer Stunde in Porto Rafti an. Im nördlichen Teil der Bucht war ein kleiner Hafen, hier würden wir an Bord gehen. Das Städtchen sah aus, wie viele am Mittelmeer. Grau, ein bisschen öde und schmucklos. Durch nahezu verlassene Straßen fuhren wir Richtung der Marina. Auf einem Parkplatz am Hafen stellte Sotiria das Auto ab und wir nahmen unser Gepäck und gingen über einen kleinen Platz mit der Statue del Sorto, neben einem zu dieser Tageszeit verwaisten Straßencafé zu dem kleinen Hafenbecken. Hier lagen überwiegend Sportboote und Boote von Sportanglern, die sich leicht in der sanften Dünung im Hafen wiegten. Im Gegensatz zu dem langweiligen Ort, fand ich den Blick auf den Hafen und das in der Hitze blau flirrende Meer sehr schön.

Sotiria blickte sich um und entdeckte, vielleicht hundert Meter von uns, zwei Männer, die sie offensichtlich kannte. Sie lehnten an dem Geländer einer kleinen Brücke über einen Zufluss zum Hafen. Sie rief ihnen etwas zu, und als sie sich umdrehten winkten sie, setzten sich in Bewegung und kamen auf uns zu. Sotiria und die beiden jungen Männer begrüßten sich wie alte Bekannte, und Sotiria stellte mich den beiden vor. Wenn ich die Namen richtig verstanden hatte, hießen sie Nikos und Pavlos. Wie mir Sotiria erklärte, waren sie schon sehr lange im Familienbetrieb beschäftigt, so dass man schon fast wie von

Familienmitgliedern sprechen konnte. Es waren hübsche, wettergebräunte kräftige Burschen, die uns kommentarlos das Gepäck abnahmen.

„Wir gehen jetzt zu einem Beiboot des Fischkutters", übersetzte Sotiria, was Pavlos gesagt hatte. „Das bringt uns dann zur eigentlichen Einschiffung zum Kutter." Pavlos ging voran und Sotiria folgte neben ihm. Ich trottete hinter ihnen her.

Nikos, der neben mir ging, schaute mich mehrmals lächelnd an und kniff mir dabei ein Auge zu. Was das sollte, war mir natürlich nicht gänzlich rätselhaft. Aber hatte Sotiria ihnen irgendetwas erzählt, als sie mich ihnen vorgestellt, und was ich nicht verstanden hatte mit meinem altgriechischen Sprachkenntnissen?

Sie waren von Nea Makri etwas weiter aus dem Norden gekommen und hatten uns den beschwerlichen Weg dahin ersparen wollen. Auch der Hafen von Rafina war nicht so günstig zu erreichen wie Porto Rafti. Im letzteren gab es Restaurants, in denen wir warten können, für den Fall, dass sie sich verspätet hätten. Der Fischkutter wollte uns auf Andros absetzen und dann weiter in die Ägäis hinein in Richtung der kleineren Inseln östlich von Mykonos fahren. Dorthin kamen die kleineren Fischer– und Ruderboote nicht hin, weswegen die Fischgründe weniger überfischt waren. Vor allem hatten sie es auch auf die größeren Kraken, die auf Felsengrund in Küstennähe lebten, abgesehen.

Schnell war unser Gepäck verstaut und wir hatten uns auf die Bank hinter dem Außenbordmotor gesetzt. Der Kutter war von uns aus nicht zu sehen und Pavlos erklärte, dass die Daphne, so hieß der Kutter, in dem Vorhafen mit Anlegestelle für größere Boote läge. Dann ging es hinaus zur Hafeneinfahrt und bald bogen wir in das Hafenbecken des Vorhafens ein. Wir machten längsseits an einem der Kutter, der sich als die Daphne herausstellte, fest.

An der nicht sehr hohen Bordwand stand breitbeinig, Hände in den Hosentaschen, wohl der Chef der Besatzung, Lefteris. Zwischen ihm und Sotiria gab es ein fröhliches ‚Hallo‘, als wir über eine kleine Außenbordleiter an Bord gingen.

Sotiria stellte mich vor, und wir schüttelten uns die Hände. Der Kerl hatte wirklich einen kräftigen Griff! Lefteris ging zum Führerhaus, während die beiden Besatzungsmitglieder, die uns abgeholt hatten, das Gepäck an Bord brachten und nach unten in eine Kajüte verluden. Ein weiterer Kollege, Spiros, machte die Taue an den Kaipollern los, sprang dann an Bord und holte die Taue an Leinen ein, die an Bord verblieben waren. Die Maschine, die bis dahin leise vor sich hin getuckert hatte, brüllte mit einem ohrenbetäubenden Lärm auf, als Lefteris den Kutter von der Kaimauer weg– und aus dem Hafenbecken heraus steuerte.

Sotiria und ich hatten an der Reling gestanden, aber weil die Bordwand nicht sehr hoch war, schäumte uns bald die hochaufsprühende Gischt entgegen, als der Kutter richtig Fahrt aufnahm. Wir zogen ein trockeneres Plätzchen vor und gesellte uns zu Lefteris, der am

Steuerruder im Führerhaus stand. Im Hintergrund vernehmen wir quakende Geräusche und Stimmen aus dem Funkgerät. Lefteris hielt mit jemandem Zwiesprache, indem er in das Mikrofon, das vor ihm von der Decke baumelte, hineinsprach.

Obgleich die Wellen nicht sehr hoch waren, als der Kutter ins offene Gewässer kam, begann der Kutter doch zu stampfen und zu rollen. Nach ein paar Minuten informierte uns Lefteris in einem nur schwer verständlichen Englisch, dass er raues Wetter aus Südwest erwartete und bat Sotiria die Rettungswesten für uns zu holen. Offensichtlich war Sotiria nicht das erste Mal an Bord und wusste, wo die Westen verstaut waren. Lefteris erklärte mir, dass das Tragen der Westen auf den kleineren Schiffen eine Sicherheitsroutine darstellte, und die Aufforderung sie anzulegen, keinen Grund für besondere Besorgnis darstellte. Er hätte schon Schlimmeres als diese kleinen Wellen erlebt, fuhr er fort, um uns zu beruhigen. Sortiria kam mit den Westen zurück, die wir auch sogleich anlegten. Durch eines der Fenster konnte ich ein Besatzungsmitglied sehen, der rauchte in aller Seelenruhe, während er sich mit einer Hand außen an den Aufbauten des Führerhauses festhielt. Auch er trug eine leuchtend orangenfarbene Rettungsweste.

Wir waren vielleicht eine halbe Stunde unterwegs als das Wetter, für meine Begriffe, plötzlich heftig umschlug. Der Wellengang war nun deutlich höher. Auf meine Frage hin, warum der Seegang sich verstärkt hatte, erläuterte Lefteris, dass wir die 120 Meter Wassertiefenzone verlassen hätten und sich dadurch höhere Wellen aufbauen könnten. Gleichzeitig wäre durch weniger Schutz unter Land, der Einfluss des Schirokkos ausgeprägter. Lefteris saß vor dem Steuerruder auf einem kleinen Drehsessel, während Sotiria und ich in dem engen Führerhaus an der Rückwand gelehnt standen und uns mit den Händen an einer Reihe von Griffen festhielten, die an Lederriemen befestigt waren, die an der Decke angebracht waren.

Sotiria verlor scheinbar ein paar Male den Halt und suchte diesen bei mir, regelrecht klammernd ....ich vermutete, dass das nicht absichtslos geschah. Doch es war mir nicht völlig unangenehm, dass sie dicht neben mir stand und ihren Arm um meine Hüfte gelegt hatte. Ich schaute sie an, und sie grinste mir breit entgegen. Selten hatte eine Frau so offen Interesse an mir gezeigt! Wer noch nie in einer solchen Situation war wie ich, wird nicht verstehen, was mir alles durch den Kopf ging und was ich empfand. Wäre Lefteris nicht gewesen, hätte ich, glaube ich, Sotiria in den Arm genommen und wir hätten uns wild geküsst. Aber wie so oft im Leben kam es gänzlich anders.

Es gab plötzlich einen fürchterlichen Krach und am Steuerruder tat es einen Schlag. Das Steuerruder fing an sich zu drehen, als Lefteris versuchte das Ruder festzuhalten, was ihm nicht sofort gelang. Er fing an lauthals zu fluchen und sprach über Bordfunk mit einem Besatzungsmitglied.

Sotiria erklärte mir, dass wohl etwas an der Rudersteuerung beschädigt worden sei. Der Kutter legte sich quer von der Windströmung getrieben, da er dem Ruder nicht mehr voll gehorchte. Ich bekam in diesem Moment doch ein wenig Angst, da sich der Kutter immer wieder bedenklich auf die Seite legte und Wasser über die relativ niedrige Reling schappte.

Sotiria hingegen schien merkwürdigerweise recht gelassen. Ich glaubte sie fand sogar Gefallen daran, wie ich sie im Arm hielt. Lefteris muss wohl meine Angst gespührt haben, denn er drehte sich zu mir mit einem breiten Grinsen um und erklärte mir, das Problem wäre zwar nicht so schnell behoben, aber es würde bald ruhiger werden, wenn der Kutter vor dem Wind und mit der Strömung liefe. Er meinte wir würden wohl Andros nicht anlaufen können, aber mit ein bisschen Glück könnten wir die Bucht von Karistos an der Südspitze von Euböa, er sprach es Evia aus, erreichen und dort in einer geschützten Bucht festmachen, bis das schlechte Wetter vorüber war. Dort würden sie versuchen, den Schaden richtig zu reparieren.

Wenn ich seine Erläuterung des Problems voll verstand, war an einer der Steuerketten die zum Ruder liefen, ein Schaden entstanden. Eines der Besatzungsmittglieder hatte eine provisorische Lösung gefunden, die das Schiff allerdings nicht voll manövrierfähig machte. Lefteris hatte recht, denn nach einer gewissen Zeit hatte sich der Kutter gedreht und die Wellen kamen von hinten, was es allerdings auch nicht viel besser für meinen Magen machte. Lefteris schlug vor, dass wir beide unter Deck gehen und uns ungefähr in der Mitte der Kajüte aufhalten sollten, da dort das Stampfen und Rollen weniger zu spüren sei. Wir zwängten uns durch die Lucke rechts neben dem Steuerruder die schmale Treppe hinunter in das Innere des Schiffes, weil Sotiria unbedingt neben mir die Treppe hinunter steigen wollte.

Hinten im Kutter war wohl ein Laderaum für den Fischfang, denn es war hier unten stickig und stank fischig. Durch die länglichen Fenster aus dickem Glas viel nur spärliches Licht, weil immer wieder Wasser außen vorbei strömte. Auf beiden Längsseiten waren Bänke und davor Tische angeschraubt, wie man sehen konnte. An der hinteren Wand war ebenfalls eine Sitzbank angebracht, die aber hochgeklappt war, um die Tür zu dem Raum dahinter, was immer sich auch da befinden mochte, frei zu halten. Diese Sitzbank klappten wir herunter, setzten und lehnten uns an die rückwendige Tür. Wo wir saßen war es eindeutig ruhiger und schaukelte auch nicht ganz so wild. Nun hatten wir Muße, unseren Aufenthaltsort etwas näher zu betrachten. Rechts unter dem Führerhaus war eine kleine Küche, deren Tür offen stand und an der Wand befestigt war. Links davon war eine Tür, die sicherlich zu einer Kajüte führte. Ich entspannte mich und hatte die Beine ausgestreckt, aber Sotiria nutzte die Situation gleich wieder aus, rutschte eng an mich heran und legt wieder ihren Arm um mich.

„Wenn wir jetzt zusammen auf einer unbewohnten Insel strandeten und zwei Wochen dort bleiben müssten bis man uns rettet…., welches Buch oder Bücher würdest du dabei haben wollen?", fragte Sotiria.

Ich musste einen Moment überlegen und schlug dann unter dem Aspekt, wenn wir auch etwas zusammen davon haben sollten ‚Der Mann ohne Eigenschaften' von Musil vor. Es wäre ein Musterbeispiel für eine hohle und dekadente Gesellschaft und einen Romanhelden, der zwischen Realität und Nachdenken über Möglichkeiten für andere Lebensumstände, auf die er sich nicht festlegen könnte, sagte ich ihr.

„Und das soll spannend sein, zu diskutieren, wenn aus diesem Menschen nichts wird oder wie es dieser Person geht und was und wie sie sein könnte?", fragte Sotiria ungläubig.

Dann fiel mir plötzlich noch ein anderer Aspekt ein, warum ich dieses Buch *nicht* hätte empfehlen sollen, denn nach dem Tode des Vaters der Hauptperson, trifft dieser seine Schwester wieder, die er lange nicht gesehen hatte. Es entwickelt sich ein nahezu inzestuöses Verhältnis zwischen den Beiden aus. Etwas, was ich unter keinen Umständen mit Sotiria diskutieren wollte. Also schlug ich vor, es könnte immer interessant sein, unterschiedliche Möglichkeiten für Lebensentwürfe zu diskutieren. Sie gab mir Recht, indem sie zugab, selber schon über solche Dinge nachgedacht zu haben und sie glaubte, so fuhr sie fort, dass es vielen Menschen so erginge.

Auf meine Frage nun, welches Buch sie mitnähme, legte sie ihren Kopf an meine Schulter und überlegte eine Weile. Dann lachte sie laut auf und rief schließlich ,Kamasutra'. Für einen war ich wirklich sprachlos. Statt einer Antwort legte ich meinen Arm um sie und schüttelte sie, worauf sie mit einem hellen Lachen reagierte.

Plötzlich brüllte die Maschine auf und als ich aus dem Fenster neben mir schaute, sah ich, dass wir schon sehr nahe unter Land waren. Jetzt legte sich der Kutter wieder über, und wir sahen durch das Fenster wie er um eine Landzunge herum fuhr. Lefteris erklärte uns später, die Strömung und den Wind ausgenutzt zu haben, um den Kutter um die Landzunge herum in ruhigeres Gewässer zu bekommen. Die Luke zum Führerhaus wurde geöffnet, und Lefteris bat uns zu sich herauf. Das Schiff schaukelte zwar noch, aber bei Weitem nicht mehr so sehr, wie noch vor kurzem. Wir lagen in einer kleinen Bucht mit Felsen am Ufer, aber dazwischen immer wieder etwas Sandstrand. Links von uns ragten recht hohe Felsen auf, die uns Schutz vor dem Wind gaben. Vor uns stieg das Land an, und vereinzelt sahen wir Gehöfte in einiger Entfernung, aber soweit man das beurteilen konnte, in einem desolaten Zustand. Weit und breit war kein Baum zu sehen, aber Terrassen, auf denen etwas Buschwerk wuchs, zeugten davon, es hatte hier einmal Landwirtschaft gegeben. Wahrscheinlich hatte schonungslose Abholzung auch an diesen Bergen zur Verkarstung und Ausbleiben von Niederschlägen geführt.

Vor dem Führerhaus hatten sich die anderen Besatzungsmittglieder eingefunden und wir begaben uns auch dorthin, um von Lefteris zu hören, was weiter geschehen sollte. Sotiria übersetzte für mich, dass zwei Mann jetzt versuchten sollten zu angeln oder Kraken zu fangen, damit wir etwas zu essen hätten. Außerdem gäbe es auf den Klippen, genügend Muscheln, die erreichbar seien und gesammelt werden könnten, vorausgesetzt das Beiboot würde nicht gebraucht. Das Wasser in der Bucht war zwar seicht, aber immer noch zu tief, um an Land zu waten. Lefteris und Nikos würden etwas im Maschinenraum, was zur defekten Steuerung gehörte, ausbauen. Sollte sich das Meer noch ein wenig mehr beruhigen, würden sie mit dem Beiboot dicht unter Land nach Karistos fahren und versuchen Ersatzteile zu bekommen. Sie blieben sehr wahrscheinlich über Nacht in der Stadt und kämen im Laufe des Vormittags zurück. Sie würden auch etwas Eßbares mitbringen. Getränke hätten wir ja genügend an Bord, die für Andros bestimmt waren und in Gavrio an Land gebracht werden sollten. Er bedauerte sehr, uns keine bessere Auskunft geben zu können, als dass wir mindestens noch einen Tag festlägen.

Inzwischen hatten Spiros und Pavlos aus dem Laderaum allerlei Ausrüstung in einer Kiste hervorgeholt, und Pavlos brachte eine Kiste Bier und für die Dame, wie er sagte, eine Flasche Wein, mit. Er grinste als er die Kiste abstellte und meinte, dass das Bier nicht so kalt sei, wie er es wünschte, aber warmes Bier wäre besser als gar kein Bier. Er verschwand noch einmal kurz unter Deck und kam dann mit einem Glas und einem Korkenzieher wieder. Wir setzten uns auf die Reling, obwohl der Kutter immer noch eine wenig rollte und stampfte. Lefteris und Nikos stießen kurz mit uns an, stiegen dann durch die geöffnete Luke hinunter in das Innere des Kutters, um sich an die Arbeit zu machen. Die beiden anderen Besatzungsmitglieder machen ihr Angelgerät fertig und begannen von der Reling aus, auf der Seite zum felsigen Ufer, mit Pilker und Blinkern zu angeln.

Sie unterbrachen kurz ihre Bemühungen, um Lefteris und Nikos zu helfen, die aus dem Laderaum ebenfalls mit einer Kiste voller, mir unbekannter Gestänge und Ketten zurückkamen. Das Beiboot wurde zu Wasser gelassen und die Kiste mit dem Wirrwarr an Ausrüstung darauf verstaut. Lefteris hatte prüfend zum Himmel hinauf und auf die See geschaut und kurz festgestellt, dass das Wetter aufklarte und man sich besser fertig machen sollte, nach Karistos zu fahren. Sie stiegen in das Boot, legten ab und wir schauten ihnen noch eine ganze Weile nach, bis wir sie zwischen den Wellen und der Gischt nicht mehr sehen konnten. Selbstverständlich hofften wir natürlich, dass ihre Mission Erfolg haben würde.

Von Erfolg konnte allerdings bei den beiden Fischern, die von Bord aus angelten, nicht die Rede sein. Nach einer Stunde wurden allerdings immer noch nicht mehr als zwei kleine Meeräschen gefangen, die gleich wieder ins Meer geworfen wurden. Kraken waren anscheinend vor dem unruhigen Wasser in Felsspalten geflüchtet und wagten sich nicht heraus an die Köder. Am Ende verstauten unsere beiden Fischer ihr Gerät hinter der Reling und versprachen, es morgen in der Früh gleich nochmals versuchen zu wollen.

Sotiria ging schließlich unter Deck in die Küche, um zu schauen, ob dort etwas Essbares aufzutreiben war. Sie kam nach einiger Zeit aus der Küche zurück mit einem Tablett mit zwei Tassen voll mit je Kalamata Oliven und grünen mit Mandeln gefüllten Oliven und einer Schale mit grün–braunem Etwas, dass sich als stark riechender Schafskäse herausstellte. Beifall heischendes Lächeln umspielte ihren Mund. Außerdem brachte sie eine geöffnete Schachtel mit zerbröselten Crackern und Gabeln aus der Küche heraus. Ich kann es nicht leugnen, aber ich war schon ein wenig auf meine ‚Sotiria' stolz, wie sie uns etwas zu essen zauberte. Wir setzten uns alle irgendwie auf die Poller und warteten auf Sotiria. Sie kam aus dem Führerhaus und hatte eine Hand hinter dem Rücken versteckt.

„Ichthies, ichthies", rief sie (Fische, Fische)! Unsere beiden Fischer drehten ihre Köpfe in alle Richtungen, um auf das Meer hinaus zu blicken und eventuell Fische an der Oberfläche zu beobachten. Sie Sotiria an, die nun vor Lachen fast platzen wollte und eine Dose Ölsardinen hinter ihrem Rücken hervorholte. Als gute Kumpels stimmten sie darauf auch in das Lachen ein und zusammen machten wir wieder eine Runde Bierflaschen leer.

„Mein Gott", dachte ich, weil alle so fröhlich waren, „sie kann so schön albern sein und ist so liebenswert."

Im gleichen Moment war ich mir aber auch nicht richtig bewusst, was ich eigentlich *wirklich* für sie empfand. War das Liebe oder nur der Wunsch diese Frau für mich zu besitzen? Liebe und Leidenschaft sind wunderschön am Anfang einer Beziehung. Was aber wenn die Leidenschaft sich verflüchtigt, wenn man lange zusammen war? Dann wird nur noch die Beziehung zusammen gehalten, wenn da auch wirklich Liebe war und ist!

Es wurde langsam Dunkel und kühl an Deck, so dass wir beschlossen nach unten zu gehen. Die Luke wurde abgedeckt und wir begaben uns unter Deck durch das Führerhaus in den Aufenthaltsraum, der da hinter lag. Wir lachten noch viel an diesem Abend an Bord unseres ‚gestrandeten' Schiffes, weil die beiden Mannschaftsmitglieder komische Geschichten von der Seefahrt und von ihrer Arbeit als Fischer zu erzählen hatten. Besonders ihr ‚Katze und Maus' spielen mit der Küstenwache, wenn sie drüben auf einer der türkischen Inseln billig Schnaps und Tabak eingekauft hatten, war spannend und lustig zugleich und ein wiederkehrendes Thema. Bei der engen Nachbarschaft, manchmal wenn nicht in Rufweite auf den Inseln, aber sehr oft in Sichtweite, begegnete man sich und achtete einander.

Obgleich sie auch nicht die gleiche Sprache sprachen, war ihre Musik sich sehr ähnlich auf Grund der gemeinsamen kulturellen Vergangenheit und des Zusammenlebens vieler Millionen Griechen und Türken über Jahrhunderte. Aber auch durch den erzwungenen

Bevölkerungsaustausch zwischen beiden Ländern war es in einigen Bereichen zu kulturellen Austausch gekommen. Die hohe Politik überließen sie den Politkern in Athen und Ankara, das war aus allen Bemerkungen über ihre türkischen Nachbarn auf den Inseln, die sie oft ansteuerten, heraus zu hören.

Wir hatten noch ein wenig mehr Bier aus der für Andros bestimmten Kiste getrunken, und auch Sotirias Weinflasche war leer. Es herrschte eine ausgelassene gute Laune, die sich noch weiter besserte, besonders nachdem Spiros nach achtern verschwunden war und singend mit einer angebrochenen Flasche griechischen Weinbrands zurückkam. Er ging in die Küche, holte noch Gläser und kam zu uns zurück. Die ganze Zeit sang er dabei für meine Ohren eine traurige Weise. Sotiria und Pavlos fielen ein, wobei Sotiria mit einem schönen Sopran die zweite Stimme sang. Leise klopfte Spiros den komplizierten Rhythmus mit einer Hand auf dem Tisch mit. Während sie sang hielt sie meine Hand und schaute mich unentwegt an und blickte mir dabei in die Augen. Es knisterte zwischen uns, und ich glaubte die beiden anderen merkten es auch, wie ich meinte, ihren Blicken entnehmen zu können. Ich machte den Sängern ein Kompliment wegen des Gesanges und fragte, was für ein Lied es gewesen sei und wovon es erzählte, es hätte so traurig geklungen. Pavlos wusste zwar nicht, wer das Lied geschrieben hatte, wie er sagte, aber der Titel wäre ‚kokkino garifalo‘ und ‚red carnation‘ in Englisch. Sotiria ergänzte auf Deutsch ‚Rote Nelke‘ und fügte hinzu, der Komponist sei ein gewisser Giannis Parios. Das Lied klänge so traurig weil es natürlich um zwei Liebende ginge, die Schwierigkeiten hätten sich in einer Menschenmenge zu finden. Die rote Nelke ist das Erkennungszeichen, das die Frau sich für ein Treffen an die Brust über dem Herzen geheftet hätte.

„Wunderschön gesungen, aber ehrlich gesagt schon ein bisschen sehr kitschig", gab ich den Sängern zu bedenken, was aber sinngemäß von ihnen nicht ganz verstanden wurde.

Irgendwann erklärte Sotiria, sie wäre müde und würde gerne schlafen gehen. Pavlos hatte unser Gepäck in die kleine Kajüte nach vorne gebracht, wie er noch einmal erinnerte. Sie sei zwar klein, gab er zu bedenken, aber hätte zwei Schlafplätze und eine kleine Toilette. Sie, das heißt er und Spiros würden nach achtern gehen, wo sie hinter dem Laderaum noch zwei Schlafplätze hätten. Sollte irgendetwas Beunruhigendes passieren, wäre an der linken Wandseite der Kajüte ein Interkom, durch das man mit allen Schiffsräumlichkeiten eine Sprechverbindung herstellen könnte. Sotiria stand auf, winkte uns zu und verschwand in Richtung der Kajüte. Wir tranken in aller Ruhe unser Bier aus und kippten noch jeder einen Weinbrand hinunter. Dann sagte ich den beiden ‚gute Nacht'.

Sotiria war wie gesagt vorgegangen und ich folgte ihr nun, als Pavlos noch hinzufügte: „Aber schalte das Interkom nur ein, wenn ihr es wirklich braucht. Nicht bei allem, was passiert!" Er lachte, und Spiros stimmte in das Lachen mit ein klopfte sich auf die Schenkel. Auf meine Frage, was er meinte, entgegnete Pavlos, wir sollten es nicht einschalten, wenn wir uns ungestört unterhalten wollten..... und machte eine vielsagende Pause. Da begriff ich den Scherz.

„Ihr schmuddeligen Blödmänner!", rief ich darauf nicht ganz ernst gemeint in ihre Richtung, was aber mit einem freundlichen Lachen quittiert wurde. Vielleicht verstanden sie auch einfach nicht, was ich auf Englisch gesagt hatte. – Also verschwand ich dann ebenfalls in der Kajüte. Als ich eintrat tauchte eine Leuchte an der Decke den Raum in ein schwaches gelbes Licht. Die Kajüte war wirklich klein, und die Luft war ein wenig stickig. Ich versucht ein Fenster zu öffnen, um frische Luft herein zu lassen, aber das Fenster auf der linken Seite ließ sich nicht öffnen, der Rahmen war festgeschraubt.

Sotiria lag auf der Liege an der rechten Seite unter einer Decke und nur ein Haarschopf und die Nasenspitze schauten noch heraus. Unser Gepäck war in Hängenetzen über den Schlafliegen untergebracht. Bevor ich mich zum Schlafen legte, schaute ich natürlich nach, was sich hinter der abgeschrägten Türe mit dem kleinen Milchglasfenster oben in der Mitte befinde. Leise öffnete ich die Türe und fand dort ein WC und eine Dusche. Leise begab ich mich dann wieder zu meinem Schlafplatz. Sotiria schien schon tief zu schlafen, als ich mich meiner Jeans und meines Oberhemdes entledigte. Vor Sotiria schämte ich mich ein wenig, doch die schlief ja tief, weil sie einen kleinen Schwips von dem Wein hatte. Nur mit Unterhemd und Slip bekleidet schlüpfte ich unter die Decke. Zweimal musste ich mich hin und her legen, bis ich eine relativ bequeme Schlafhaltung auf der engen Liege gefunden hatte. Da hörte ich plötzlich, wie Sotiria mir eine ‚gute Nacht' wünschte und dass es ihr für uns leidtäte, so auf dem Schiff die Zeit und die Nacht verbringen zu müssen anstatt in dem Wochenendhaus auf Andros. Ich beruhigte sie, es wäre gar nicht so schlimm, da wir doch letztendlich einen schönen Tag zusammen gehabt hätten und wünschte ihr auch eine gute ‚Nacht'. Zunächst glaubte ich bei der Schaukelei des Kutters nicht schlafen zu können, aber dann als es heftig zu regnen begann, empfand ich das gleichbleibende Prasseln der Regentropfen gegen die Schiffswände als beruhigend und die Situation insgesamt noch zufriedenstellend nach dem Sturm.

Ich war fest eingeschlafen, als ich mitten in der Nacht aufwachte. Etwas lag halb auf meiner Brust und fühlte sich warm an. Dann – noch im Halbschlaf – fühlte ich eine Hand an meiner Wange, und ein warmes Bein lag über meinem linken Bein. Ein Kuss auf meine Wangen weckte mich vollends. Im Nu war ich hellwach. Ich drehte mich auf die Seite, und der warme Körper rutschte von meiner Brust. Im Reflex griff ich mit meinem Arm nach ihm und fühlte unter meiner Hand nackte Haut. In dieser Situation war ich natürlich ganz Mann und erkundete das Ausmaß der Nacktheit. Sie war nackt bis auf ein Höschen. Ich hatte mein Augen geöffnet und dicht vor meinem Gesicht war Sotirias Gesicht in dem schwachen gelben Licht zu sehen. Sie beugte sich vor und über mich und gab mir einen zarten Kuss auf den Mund, dann schlang sie ihren Arm um mich. Ich fühlte mich in diesem Moment absolut wehrlos und erwiderte den Kuss, aber dann durchfuhr mich ein schrecklicher Gedanke, als dieses wunderbare und reizende Geschöpf in meinen Armen lag: „Was wäre, wenn sie meine Schwester ist?" Ich hatte keine Angst, dass mich der Blitz träfe oder die Polizei an der Kajütentür klopfen könnte, wenn ich mich Sotiria ganz hingäbe. Auch war ich nicht so altmodisch zu denken, Sex wäre nicht ohne die große Liebe möglich und erlaubt. Sex zwischen engen Verwandten war allerdings etwas anderes.

Während mir diese Gedanken durch den Kopf gingen, hatten wir jedoch weiter miteinander geschmust. Schließlich dann hielt ich Sotiria mit meinen Händen auf Abstand und sagte: „Sotiria das geht nicht. Bitte lass uns damit aufhören!"

„Hast du ein Problem? Hast du was gegen mich? Bist du vielleicht schwul?", wie eine Kaskade kamen diese Worte aus ihrem Mund. Wobei ihr liebes Gesicht immer noch ganz nahe vor meinem war.

Dann fühlte ich, wie ihre Hand suchend über meinen Körper fuhr und als Resultat stellte sie fest: „Schwul scheinst du nicht zu sein, wenn ich deine körperliche Reaktion auf meine Weiblichkeit richtig deute! Also hast du dann was gegen mich? Ich versteh das nicht. Bitte hilf mir!"

Ich legte meine Hand an ihre Wange und gab ihr ganz vorsichtig einen Kuss auf die Wange und dann auf die Nasenspitze und versuchte die Situation zu retten, die eine gründliche Schieflage durch meine Skrupel erlangt hatte.

„Nein meine liebe, liebe Sotiria, schwul bin ich ganz bestimmt nicht! Ich habe auch nichts gegen dich – ganz im Gegenteil. Du bist eine reizvolle, eine zauberhafte Person und alles, was ich mir als Mann wünschen könnte. Vielleicht bin ich altmodisch, aber ich muss mir erst darüber im Klaren werden, wo wir miteinander stehen, bevor ich mit dir eine Liebesverhältnis eingehen kann!" Das war ja noch nicht einmal gelogen.

„O.K.", antwortete sie, „vielleicht muss ich Geduld haben. Darf ich trotzdem heute Nacht bei dir schlafen?" Sie wartete meine Antwort nicht ab sondern kuschelte sich wieder näher an mich heran. Auch wenn nichts weiter geschah, es war wunderschön, aber auch eine Herausforderung für mich als Mann, so mit Sotiria zusammen zu liegen. Ich dachte noch eine Weile darüber nach, was für ein Glückspilz ich unter anderen Umständen sein könnte, als mich der Schlaf von meiner Grübelei erlöste.

Am nächsten Morgen wachte ich vom Duft des Kaffees auf, der durch die Kajüte zog. Sotiria lag nicht mehr neben mir und war wohl in die Küche gegangen. Die Kajütentür stand weit offen und ich hörte mehrere Stimmen. Ich stand schnell auf und schlüpfte in meine Hose und Hemd, an Rasieren dachte ich nicht, holte aber meine Zahnbürste und Zahnpasta aus dem Gepäck. In der kleinen Toilette wusch ich mich so gut es ging und machte mich für den Tag fertig.

Draußen begrüßte mich ein fröhliches ‚hallo' und ein griechisches ‚guten Morgen' von Sotiria, die sich gerade daran machte, die Kaffeekanne durch die Luke, die geöffnet war, um frische Luft herein zu lassen, nach oben zu Pavlos zu reichen. Es hatte offensichtlich aufgehört zu regnen, da war es schöner, sich oben auf dem Deck aufzuhalten, anstatt in dem Mief unten zu sitzen. Ich machte dann Anstalten durch den Treppenaufgang auch auf Deck zu gehen, aber sie kam mir zuvor und stellte sich vor mich. Sie gab mit einen schnellen Kuss auf den Mund und sagte dann: „Ich habe dich trotzdem lieb. Sei mir nicht böse, bitte!"

In aller Unschuld drückte ich sie an mich, gab ihr einen Kuss auf die Wangen und entgegnete, dass ich hoffte *sie* wäre mir nicht böse und natürlich hätte ich sie auch lieb. Um weiter gutes Wetter zu machen und die Situation zu entschärfen schaute ich ihr in die Augen und erklärte: „Es gibt keinen Grund für einen von uns Beiden auf den anderen böse oder sauer sein müsste. Komm mit, wir gehen hoch zu den anderen. Ich freue mich darauf den Tag mit dir zusammen zu sein!"

Das schien sie zu versöhnen und wir gingen nach oben aufs Deck. Wie die anderen schenkten wir uns Kaffee ein, der zwar gut duftete, aber für meinen Geschmack nicht nur zu bitter war sondern auch muffig schmeckte. Vielleicht hatte er in der feuchten Seeluft geschimmelt. Die anderen ließen sich nichts anmerken, als ich sie vorsichtig dabei beobachtete, wie sie am Kaffee nippten. Bei der ersten Gelegenheit, die ich mich unbeobachtet fühlte kippte ich das Zeug über Bord.

Der Wind hatte sich gelegt und das Meer war in der Bucht fast glatt. Weil die Sonne schon kräftig schien, lag ein Nebelschleier weiter draußen auf der See. Es war sehr ruhig und nicht einmal Vogelschreie waren zu hören. Ab und zu hörten wir entfernt ein Nebelhorn, wohl von einem Schiff, das seinen Weg durch den Nebel suchte.

Spiros und Pavlos nahmen ihre Angelei wieder auf, nachdem sie ihren Kaffee getrunken und jeder eine Zigarette geraucht hatte. Sie wussten, dass sie beim Angeln nicht rauchen durften um Tabakgeruch am Angelgerät zu vermeiden. Dieses Mal hatten sie mehr Glück mit ihren Bemühungen, vielleicht weil das Meer sich beruhigt hatte. Innerhalb einer halben Stunde holten sie zwei prächtige Kraken von je fast drei Kilo und weitere drei Tiere um die ein und anderthalb Kilo schwer aus dem Meer. Sie rieben sich die Hände und riefen uns zu, dass das der schönste Stundenlohn war, den sie seit langem bekommen hätten. Das Kilo frisch gefangener Kraken brächte in den Restaurants zwischen zwölf und vierzehn Euro. Sie arbeiteten weiter, aber mehr Tiere gingen ihnen nicht an die Haken.

Irgendwann im Laufe des Morgens hörten wir schließlich ein Motorengeräusch, das langsam lauter wurde. Das Beiboot kam aus dem Nebel auf uns zu und legte nur wenig später bei uns an. Das Boot wurde an Deck gehievt. Lefteris hatte Brot, Butter, etwas Käse und Wurst mitgebracht, was er Sotiria mit der Bitte übergab, uns ein paar Sandwiches zu machen.

„Ach, schaut einmal her! Ich habe uns auch noch frischen Kaffee mitgebracht", tönte er. „Der unten in der Küche war ja schon uralt. Ja, auf einen schönen kräftigen Kaffee freue ich mich jetzt!"

Natürlich erklärte ich mich sofort bereit, Sotiria behilflich zu sein, was von ihr mit einem dankbaren Lächeln quittiert wurde. Wir gingen nach unten zur Küche, konnten aber durch die geöffnete Luke hören, wie die Männer oben sich unterhielten. Sotiria hatte aufmerksam zugehört und schüttelte immer wieder in der ‚Nein–Geste'

„Das ist einfach zu dumm", erklärte sie mir. „Lefteris hat nicht bekommen, was er brauchte. Wir werden unsere Reise nach Andros nicht fortsetzen können. Selbst wenn es ihnen nicht möglich gewesen wäre uns abzuholen, dann hätten wir Beiden einfach noch einen Tag dran gehängt und wären mit der Fähre zurück gefahren. Du hast doch eh kein festes Programm!"

Während sie sich mit dem Kaffeekocher beschäftigte, stand ich hinter ihr und hatte meine Arme um sie gelegt. Sie ließ sich nichts anmerken, legte aber ihren Kopf zurück, sodass er an meiner Brust lag. Sotiria übersetzte und fasste weiter zusammen, was oben besprochen wurde. Sie hätten eine kleine Werft gefunden, die geöffnet war. Die großen Werften mit den gut ausgerüsteten Werkstätten hatten alle geschlossen, weil es Samstag war. In der Werkstatt der kleinen Werft hätten sie nur elektrisch schweißen gekonnt. Ein Elektro–Schweißgerät für kleinere Reparaturen hatten sie auch hier an Bord. Was sie brauchten, war eine Werkstatt, die ihnen die Werkstücke autogen schweißen könnte. Wir würden sofort klar Schiff machen und gleich die Rückfahrt nach Porto Rafti antreten. Es war Zufall, dass es nahe am Hafen eine Werkstatt gab, die die Reparatur durchführen könne. Er hatte gestern Abend noch telefoniert und die Zusage bekommen, dass man ihm helfen werde, wenn er in Karistos nicht weiterkäme. Aber er sollte sich beeilen, da die Mitarbeiter auch in das Wochenende gehen wollten.

Während alle an Sotirias Sandwiches kauten wurde die Maschine angelassen, und der Kutter setzte sich langsam rückwärts in Bewegung. Aus der Bucht heraus, wo wir gelegen hatten, waren es nur ein paar hundert Meter und wir glitten an der Steuerbordseite an der kleinen Landzunge vorbei. Es war eine Sache von wenigen Minuten bis der Kutter das offene Fahrwasser erreichte und Lefteris auf Vorwärtsfahrt umschaltete und die Bucht in zunächst südliche Richtung verließ. Mit dem provisorisch reparierten Ruder war es offensichtlich leichter bei relativ ruhiger See zu manövrieren, denn nach Umrunden der Buchtspitze nahmen wir scheinbar ohne Schwierigkeiten Fahrt in westliche Richtung auf. Der Rest der Fahrt zum Hafen von Porto Rafti verlief zum Glück ziemlich ereignislos.

Wegen der eingeschränkten Manövrierfähigkeit und weil Lefteris kein Risiko eingehen wollte, blieb die Daphne dieses Mal vor dem Hafen auf Rede. Das Beiboot wurde zu Wasser gelassen und unser Gepäck verladen. Dann hieß es Abschied nehmen. Obwohl unsere Bekanntschaft eigentlich nur von kurzer Dauer gewesen war, gestaltete sich der Abschied sehr herzlich. Lefteris meinte noch zu mir, als er mich kurz an sich drückte und auf die Schultern klopfte, er sei stolz auf mich, weil ich bei der Hinfahrt nicht gejammert und nicht gekotzt hätte. Dann fügte er noch lachend hinzu, ich könnte ja bei ihm anheuern, wenn ich einmal meinen Job verlieren sollte oder etwas anderes machen wollte. Dann brachten uns Pavlos und Nikos zur Kaimauer, wo sie unser Gepäck entluden. Nochmals Schulterklopfen und Augenzwinkern von Nikos und dann stieß das Boot wieder ab, um zur Daphne zurückzukehren. Wir winkten noch eine Weile, wandten uns dann ab und trugen unser Gepäck den kurzen Weg über den Platz zum Auto.

Auch die Fahrt zurück in die Stadt verlief nach meinem Empfinden schneller als die Hinfahrt. Wir sprachen nicht viel und wenn, dann Belangloses. Es hatte sich irgendwie eine seltsame Befangenheit zwischen uns eingeschlichen, wenn wir über die Reise und die

Ereignisse sprechen wollten, doch vielleicht war das auch ganz gut so. Ich vermutete, dass Sotiria die gleichen oder ähnlichen Gedanken durch den Kopf gingen, wie mir, denn sie schaute einige Male kurz zu mir herüber. Ich erwiderte ihre Blicke. Beim letzten Male spielt ein ganz leises Lächeln um ihren Mund. Was hätte wohl geschehen können – auf dem Schiff oder im Wochenendhaus in der Nähe von Gavri auf Andros ....?

Am Hotel angekommen hatte sie auf der schraffierten Fläche davor angehalten und gesagt, sie steige nicht mit aus, da sie im Halteverbot stehe. Ich hatte mich zu ihr herüber gelehnt und ihr einen Kuss auf die Wangen gegeben, um mich zu verabschieden. Sie hielt jedoch den Blick starr nach vorne gerichtet, beide Hände hielten das Lenkrad fest umklammert. Dann fragte sie mich, ob ich sie wiedersehen wollte. Erst nachdem ich ihr versicherte, dass ich mich bald mit ihr verabreden würde, löste sich die Spannung und ich erntete ein Lächeln und ein fast fröhliches ‚Adio' .

An der Rezeption holte ich meinen Zimmerschlüssel ab und vom Concierge hörte ich eine Bemerkung über mein kurzes Fortbleiben. Mein restliches Gepäck und Sachen waren auf dem Zimmer geblieben. Ich war fest entschlossen, den Rest des Tages auf meinem Zimmer zu verbringen, um über alles nachdenken zu können, was passiert und nicht passiert war. Nachdem ich die Mini–Bar geplündert hatte, brachte mir der Zimmerservice noch ein paar Bierchen, die ich bestellt hatte. Nach Essen war mir nicht zumute. Es war schließlich und endlich ein schöner Ausklang einer Schiffsreise im Dämmerzustand.

Einige Tage nachdem sich Gerd und Haris kennengelernt hatten, fragte sich Haris, ob sie sich bei Gerd melden sollte. Ein wenig hatte sie sich schon gewundert, dass sie von ihm, nachdem er mit ihr so heftig geflirtet hatte, nichts mehr hörte. Auch sie hatte sich Gedanken gemacht, was er denn eigentlich in Athen von ihrer Mutter wollte. Jemand der so viel Zeit investierte, war entweder ein von Athen und Griechenland sehr begeisterter und wissensdurstiger Tourist oder jemand, der wichtige Dinge in Erfahrung bringen wollte. Sie musste sich allerdings eingestehen, dass sie sich auch für den Mann ‚Gerd' interessierte. Sie hatte ja gesprächsweise, bei dem Treffen mit Sotirias Freunden und Bekannten, bei dem sie ja auch anwesend war und meistens neben ihm gesessen hatte, mitbekommen, dass er sich für Geschichte interessierte. Also nahm sie sich vor, bei der ihr nächsten passenden Gelegenheit Gerd vorzuschlagen, dass man zusammen ins Museum gehen könnte.

*

Sie hatte im Hotel eine Nachricht für mich hinterlassen, mit der Bitte, sie anzurufen. Ich rief sie also zurück, und wir verabredeten uns in einem Café in der Nähe des Hotels. Schon schlug mein Herz rascher.

Ich mochte ihr Schwester sehr gern, aber ein wenig verliebt hatte ich mich in sie – ein wenig jedenfalls; und das schon beim ersten Mal, als ich sie sah. Entsprechend unserer Verabredung hatten wir uns zu einem Kaffee in einem Straßenlokal am Syntagma Platz getroffen, der ja nur 15 Minuten zu Fuß von meinem Hotel entfernt und leicht zu erreichen war. Ich muß gestehen, ich war etwas aufgeregt.

Ich sah sie schon von weitem, wie sie vor dem Café stand, wenige Schritte auf und ab ging und auf mich wartete. Sie sah mich schließlich und winkte mir zu. Als ich dann vor ihr stand, begrüßte sie mich ganz unbefangen mit je einem Küßchen rechts und links auf die Wange. Natürlich erwiederte ich die Art der Begrüßung. Wir setzten uns an einen der freien Tische draußen auf der Straße vor dem Café.

Im Laufe unserer Unterhaltung meinte sie, falls ich nicht wüsste, was ich allein mit mir und ohne sie in dieser großartigen Stadt anfangen könnte, hatte sie einen Vorschlag: Wir könnten gemeinsam ins archäologische Nationalmuseum gehen. Dieses Angebot, mit mir den Nachmittag zu verbringen, und mit ihr ins Museum zu gehen, war mehr als ich bis dahin zu hoffen gewagt hatte. Und bedeutete womöglich, dass sie ähnlich empfand wie ich?
Konnte das sein, oder bezog sich ihr Interesse doch eher auf die Gründe, wegen derer ich nach Athen gekommen war, um ihre Mutter zu treffen? Ja, auch der Kritiker in mir meldete sich zu Wort trotz des Überschwangs meiner Gefühle. Ich war unsicher.

Wir saßen da, und sie schaute mich mit unbewegter Mine an, während ihre Augen lächelten. Meine Unsicherheit wuchs. Sie gehörte nicht zu den Menschen, denen man leicht hinter ihre Maske schauen konnte – bis man sie besser kannte. Vielleicht war ihr Verhalten einer gewissen Reserviertheit geschuldet, denn schließlich kannten wir uns ja kaum. Trug sie eine Maske zum Selbstschutz? Die wenigen Augenblicke, die wir bisdahin miteinander verbracht hatten, rechtfertigten sicherlich normalerweise nicht so schnell Gesten der Vertraulichkeit.

Ich kam nicht umhin, die beiden jungen Frauen im Geiste mit einander zu vergleichen. Die eine, Sotiria, bildschön, strahlend und mit jedem Blick und mit jeder Geste Lebenslust signalisierend. Allein ihre Art, sich zu kleiden, ließ darauf schließen, dass Sotiria eine fröhliche und offene junge Frau war, die jedoch auch gelegentlich zur Oberflächlichkeit neigte. Ihre ganze Erscheinung machte sie wohl für jeden Mann begehrenswert. Und ich durfte und konnte mich da nicht ausschließen! Schwarze glänzende Haare, fast schwarze Pupillen und die Haut mit dunklerem Teint als der ihrer Schwester. Der Teint, der wie Olivenöl chimmerte, und überhaupt erinnerte Sotiria an eine klassische griechische Schönheit! Im Profil sah sie den Koren, wie sie als Standbilder in Museen und auf Vasen zu sehen sind, eigentlich sehr ähnlich.

Die andere, Haris, die mir nun gegenüber saß, hatte nicht diese enorme erotische Ausstrahlung ihrer Schwester. Haris umgab eine Aura von Sinnlichkeit, sodass ich mir als Mann sehr wünschte, sie in den Arm nehmen zu dürfen. Vielleicht konnte man es besser beschreiben als etwas, das in einem Mann den Beschützerinstinkt weckte. – Etwas später sollte ich jedoch erkennen, dass sie eine enorme innere Stärke besaß. – Das machte Haris, im Gegensatz zu ihrer Schwester Sotiria, auf den ersten Blick geheimnisvoller, dachte ich jedenfalls. Ihre Schwester war sehr extrovertiert und man glaubte in ihrer Mimik wie in einem Buche lesen zu können; wie sehr sollte ich mich auch hierin täuschen …. Den Unterschied würde ich hoffentlich bald herausfinden können.

Auf dem Weg zu unserem Ziel waren wir dann von dem Straßencafé mit der U–Bahn bis zum Omoniaplatz gefahren, wo sich ja auch mein Hotel befand. Wir beschlossen jedoch, anstatt auf die Linie um zu steigen, die zum Nationalen Museum für Archäologie führte, bis zu unserem eigentlichen Ziel spazieren zu gehen. Als wir aus dem Wagon auf den vollen Bahnsteig traten und ich mich fragend umschaute, welche Richtung zu welchem Ausgang zu nehmen, nahm Harris meine Hand und zog mich ohne sich umzuschauen, hinter sich her durch die wimmelnde Menschenmenge. Als wir den richtigen Ausgang erreichten, hielt sie weiterhin meine Hand fest in der ihren und blickte mich erst an, als wir die Rolltreppe nach oben nahmen.

Sie lächelte breit, und entblößte eine Reihe makellose weiser Zähne, die mich aber nicht so sehr interessierten, wie ihre schöngeschwungenen vollen Lippen. Hatte ich mich da schon in sie verliebt? Es war als wäre ich vorübergehend taub für die Geräusche um mich herum. Was sprach mich so stark an? War es ihre warme melodische Stimme, ihr Lächeln, das wunderbare Gefühl als sie meine Hand hielt, normalerweise eine unschuldige Geste, aber mich elektrisierte das regelrecht. Ich hatte das Gefühl, ihr stetig näher zu kommen. Ich selber hätte, glaube ich, ihre Hand nicht so einfach ergriffen. – Für die meisten Menschen ist das Halten der Hände schon einen recht intensiven Körperkontakt, der signalisiert wie vertraut man miteinander ist. In diesem Stadium unseres Bekanntseins hätte solch eine Handlung meinerseits vielleicht auf Ablehnung zu stoßen.

Später sollte ich herausfinden, dass für Südländer naher Körperkontakt auch unter Männern nichts Ungewöhnliches ist. Gut das ich es damals noch nicht wusste, weil es mein Wunschdenken sonst entzaubert hätte. –

Zuletzt wieder auf der Straßenebene angekommen, blickte sie sich schnell zur Orientierung um, damit wir den richtigen Weg nähmen. Als sie losmarschierte fragte sie mich, ob ich das Museum schon kennen würde. Ich erzählte ihr, dass ich es vor langer Zeit schon einmal besucht hatte, fügte dann aber noch wahrheitsgemäß hinzu, dass es nicht nur kulturhistorisch in Europa von besonderer Bedeutung sei, sondern auch für mich.... Dabei ging ich auf die Beziehungen, die ich über das Museum hinaus aber auch zu anderen hatte, nicht näher ein. Für den Moment stellte Haris zu diesem Thema auch keine weiteren Fragen..

Von der U–Bahnstation am Omonia–Platz zog mich Haris in Richtung der Straße des 28. Oktobers, an dem sich ein paar hundert Meter weiter das Archäologische Museum befand. Die Straße war nicht besonders ansprechend oder schön und viele Geschäfte waren geschlossen. Das ließ auf eine bessere Vergangenheit oder konkreter gesagt, auf die schlechte wirtschaftliche Lage schließen. Ohne besonderen Grund verirrte sich hierher vermutlich niemand Auf dem Weg zum Museum schauten wir in Schaufenster. Als wir an einer Litfasssssäule standen, betrachteten wir eine eine Reklame für eine Reiseunternehmen: ein scheinbar glückliches Ehepaar mit zwei hübschen Kindern an irgendeinem sonnigen Strand, blaues Meer, Palmen.....

Haris fragte mich unvermittelte und wie zufällig, ob ich verheiratet sei und Familie hätte. Sie blickte mich nicht einmal an dabei, sodass sie den Anschein erweckte, dass die Antwort eigentlich nicht wichtig sei.

Ich verneinte ihre Frage, indem ich ebenso wie unbeteiligt entgegnete, dass ich weder Frau noch Kinder hatte.

„Hast du eine Freundin in Deutschland, die sehnsüchtig auf dich wartet, wenn du zurück kommst? Telefonierst du mit ihr und erzählst ihr, wie einsam du dich fühlst ohne sie, und dass du so schnell wie möglich hier erledigst, was du dir vorgenommen hast?", spöttelte Harris. „Oder erzählst du ihr vielleicht auch, dass du hier in Griechenland versuchst, die Herzen kleiner unschuldiger Griechinnen zu brechen?"

„Nein, ich habe keine Freundin, die auf mich wartet, und leider, wenn es dich interessiert, fühle ich mich auch nicht einsam", und fuhr dann kühner geworden fort. „Sag mir doch mal bitte, warum sollte ich mich denn einsam fühlen, wenn ich hier in Athen mit einer hübschen jungen Frau unterwegs bin. Außerdem denke ich gar nicht daran, die Herzen irgendwelcher jungen hübschen Griechinnen zu brechen. Wenn ich noch etwas möchte, dann ist es, wie man so schön sagt, das Herz einer intelligenten, selbstbewussten Frau zu gewinnen, die eine Ergänzung für mich sein sollte…… Ich unterbrach mich, dachte kurz nach und sprach weiter: „Äußerliche Schönheit ist für mich sicherlich auch wünschenswert"…., ich schaute dabei zu Haris hin, um zu sehen, welchen Eindruck meine Worte auf sie machten, aber sie blickte mich nicht einmal an. Ich beendete meinen Satz: „Ich weiß ja nicht, welche

Vorstellung du von einer Partnerschaft hast, aber was zählt, ist doch endlich die geistige und soziale Qualität. Mit Letzterem meine ich nicht Herkunft, sondern Sozialkompetenz. Wenn beides zusammen kommt, scheint es doch perfekt zu sein. Man muss ja nicht alles gemeinsam machen und alle Interessen teilen, aber wenn man sich wenigstens darüber unterhalten kann, ist das doch sehr viel wert. Es gibt ja zu viele Paare, bei denen nach ein paar Jahren nur noch das große Schweigen herrscht. Das finde ich grauenhaft!"

Auf das in meiner langen Rede enthaltene Kompliment ging Haris nicht ein. Vielleicht war es ihr zu plump erschienen? Jedenfalls verfolgte sie ihre Nachforschungen nach meinen Familienumständen unerbittlich weiter: „Ist dir denn nie jemand begegnet, den du hättest heiraten mögen, oder anders gefragt, hast du denn nie daran gedacht, mit jemanden zusammen zu sein oder zu heiraten?"

Mir wurde ein wenig heiß von diesen Fragen, die ich als offenkundiges Interesse an meiner Person interpretierte.

Doch, es gab jemanden. Leider, oder im Nachhinein denke ich mir glücklicherweise, hat sie mich für einen anderen Mann verlassen", antwortete ich wahrheitsgemäß.

„War das sehr schlimm und hat es dich verletzt?", wollte sie mitfühlend wissen.

„Natürlich hat es mich verletzt! Erst später war mir klar geworden, wie sehr ich mich gekränkt fühlte. Aber man muss auch die positiven

Seiten sehen, weil ein im Grunde unhaltbarer Zustand beendet wurde. Nicht jeder hat den Mut, einfach aus einer Beziehung auszubrechen – daran denken schon, es aber tun, ist etwas anderes. Wir kannten uns schon aus der Nachbarschaft und wir dachten, wir wären in einander verliebt, wobei ich bis zum Schluss nie wusste, ob sie mich liebte. Wenn ich heute manchmal darüber nachdenke, finde ich, dass sie mir eigentlich aus eigenem Antrieb heraus ein einziges Mal sagte, was sie für mich empfand. Vielleicht haben wir uns auch geliebt oder für einander etwas empfunden, das wir für Liebe hielten. Leidenschaft war schon im Spiel. Wir haben dann viel zu früh geheiratet, weil man dachte es müsste nach einiger Zeit einfach sein, aber wir wurden keine Einheit, in keiner Weise."

„Entschuldige, vielleicht noch eine Frage, ich möchte wirklich nicht als sehr indiskret erscheinen, aber hast du Kinder?"

„Das bist du allerdings, meine Liebe", dachte ich, sagte es aber nicht. „Nein", antwortet ich ihr, „ ich habe keine Kinder, wie schon gesagt Aber um einer weiteren Frage zuvorzukommen, meine Liebe, ich mag Kinder und hätte auch gern welche."

Haris ließ es gut sein und schien nun eigenen Gedanken nachzuhängen. Die Straße, die wir entlanggingen und die, wie mir Haris sagte, direkt zum Museum führte, war wirklich ein bisschen öde und uninteressant, bis vielleicht auf ein paar Imbissläden und Bekleidungsgeschäfte.

Nun war es an mir, zu fragen, ob Haris verheiratet oder sonst wie liiert war. Sie antwortete knapp, dass ihr bis dahin noch nicht der richtige Mann begegnet sei, mit dem sie eine engere und längere Bindung eingehen wollte. Vor allen Dingen ein Mann der sie auf Augenhöhe achtete, und dann fügte sie hinzu: „... es wäre schön, so jemanden zu finden und mit ihm alt werden zu können. Vielleicht auch eine richtige Familie mit Kindern gründen und später einmal Enkelkinder verwöhnen."

Abrupt stoppte sie ihren Redefluss und fragte mich plötzlich, als wir an einem Schuhgeschäft vorbeikamen, ob es mir etwas ausmachen würde, ein paar Minuten zu warten, wenn sie noch schnell nach den Schuhen schaute. Selbstverständlich verneinte ich, dass es mir etwas ausmachte, obwohl ich mich eigentlich nur für Schuhe und Bekleidung interessiere, wenn ich sie benötige und daher nolens volens kaufen musste. Das ging bei mir sehr schnell und ich war überzeugt, dass ich ein potentieller Kunde war, den jede Verkäuferin, wenn nicht hassen, so zumindest nicht leiden könnte.

Haris nahm mich am Arm und zog mich in Richtung Schaufenster, da ließ sie mich dann stehen und ging zur geöffneten Tür des Geschäftes. Was sollte ich machen? Auf der Straße stehen bleiben mochte ich nicht, also folgte ich Haris in das Geschäft und setzte mich auf einen Stuhl etwas abseits vom Eingang, während Haris sich zunächst die Schuhe in der Auslage des Schaufensters anschaute.

Freundlich lächelnd kam eine Verkäuferin auf mich zu. Ich schätzte sie auf Ende zwanzig bis Anfang dreißig und fand, dass sie sehr attraktiv und sexy in ihrem figurbetonten schwarzen Hosenanzug aussah. Schönes schwarzes Haar fiel ihr in ganz leichten Wellen fast bis auf die Schultern. Sie fragte mich etwas, dass ich nicht verstand. Haris hatte es aber wohl gehörte und übersetzte knapp: „Sie fragt, ob du einen Kaffee möchtest." Ich schüttelte verneinend den Kopf mit einem ebenso freundlichen Lächeln in Richtung der Verkäuferin, die mit einem leichten Beugen ihres Kopfes andeutete, dass sie es verstanden hätte. „Welch ein Profil, welch eine Anmut", schoss es mir durch den Kopf und im gleichen Moment hoffte ich nur, es nicht laut ausgesprochen zu haben. Inzwischen war klar, dass Haris nichts finden konnte, das sie wirklich interessierte. Sie schaute noch einmal vom Inneren des Geschäftes in die Auslagen im Schaufenster.

Kurz darauf schickten wir uns an, das Geschäft zu verlassen, ohne dass Haris irgendwelche Schuhe anprobiert oder gar gekauft hätte. Beim Verlassen des Geschäftes verabschiedeten wir uns mit einem freundlichen ‚Adio'. Die charmante Verkäuferin begleitete uns darauf bis zur Tür und bedankte sich, wie ich meinte für unseren Besuch. Dann sagte sie in einem Deutsch mit starkem Akzent: „Besuchen Sie uns bald wieder!" Haris legte jetzt einen schnellen Schritt vor.

„Höre doch mal, was soll denn plötzlich diese Eile Haris?"

„Meinst du etwa, ich hätte nicht gesehen, wie du die Verkäuferin angesehen hast und wie sie mit dir geflirtet hat? Das war doch unausstehlich, das gehört sich nicht!", schimpfte sie unerwartet.

„Oho, ist da jemand gegebenenfalls eifersüchtig? Das nennst du flirten. Wir haben doch kaum ein Wort miteinander gesprochen?"

„Wie sagt man auf Deutsch: „Rede nicht so geschwollen? Eifersucht? Davon kann doch wirklich keine Rede sein! Außerdem bin ich nicht total blind. Ich habe doch die Blicke gesehen, die ihr ausgetauscht habt."

Ich schaute sie an, aber sie blickte woanders hin. „Ach bitte, bitte vielleicht ein ganz klein bisschen Eifersucht", lachte ich sie gespielt bettelnd an. Allerdings sah ich die kleine Röte, die ihr über die Wangen zog.

Ohne dass ich mir dabei viel dachte, legte ich ihr meinen Arm um die Schultern und versicherte ihr, dass ich nur Augen für sie hätte. Und ich versprach, keine weiteren Frauen mehr intensiv anzuschauen. Da lachte sie wieder, drehte mir ihren Kopf zu, schaute mir tief in die Augen und fragte schelmisch: „Und gilt das auch für meine Schwester?"

Das war ein Blick, den ich wohl mein Leben lang nicht vergessen mochte und auch niemals würde, wenn immer ich an Haris dachte. Es fiel mir leicht ihrem Wunsch zu entsprechen, auch wenn er vielleicht nur im Scherz ausgesprochen war: „Ja, meine liebe Haris, das gilt auch für deine Schwester!"

Nachdem ich das gesagte hatte, beschlich mich einen ganz kleinen Moment das Gefühl, Sotiria verraten zu haben. Es war fast ein dummer Impuls, mich umdrehen zu wollen, ob jemand gehört hätte, was ich leichthin gesagt hatte.

„Und wenn du zurück in deiner Heimat bist, wirst du vielleicht noch manchmal an mich denken – oder mich am Ende vergessen? Und wirst du dann anfangen andere Frauen anzuschauen?"

Während sie danach trachtete, dies aus mir herauszubekommen beschleunigte sie wieder ihren Schritt, so als ob sie meine Antwort nicht abwarten und ihr stattdessen lieber entkommen wollte.

Mir ging nur ein Gedanke durch den Kopf: „Ich werde immer an dich denken, was auch kommen mag!"

„Was machst du denn so bei euch zu Hause? Hast du viel Freizeit, dass du so ins Blaue in der Gegend herumfahren kannst? Roúla hat mir nach eurem letzten Treffen gesagt, dass du Bauarbeiter bist."

Da musste ich wirklich herzlich lachen, aber bevor ich antworten konnte, hielt mich ein Gedanke fest: „Roúla, Roúla, da ist es wieder. Also ist Sotiria doch die Roúla, von der mein Vater gesprochen hatte, und die mir angeboten hatte, sie ‚Roúla' zu nennen. Sie ist daher doch möglicherweise meine Schwester!" In diesem Moment glaubte ich schließlich nochmals Klarheit gewonnen zu haben und konnte mein Glück nicht fassen, dass Haris *nicht* meine Schwester war; und das bedeutete, dass ich mehr als potentiell brüderliche Liebe für Haris ungestraft empfinden durfte. Aber andererseits vielleicht doch auch ein bisschen Schade, dass diese junge, wunderschöne und quirlige

Frau, mit der ich die aufregende Reise gemacht hatte, für mich unerreichbar schien.

– Aber so ist es im Leben, hat man das eine, möchte man noch mehr!
–

„Ich habe zwar etwas mit Bauarbeiten zu tun, bin aber kein Bauarbeiter. Meinen Beruf nennt man", erklärte ich ihr „*Beratender Ingenieur*" und ich bin auf den sogenannten Tiefbau, aber auch auf Brücken spezialisiert."

„Was heißt das ‚Tiefbau', ich verstehe das nicht?"

„Also, lass mich dir das einmal erklären. Tiefbau ist das Fachgebiet des Bauwesens, das sich mit der Planung und Errichtung von Bauwerken befasst, die an oder unter der Erdoberfläche bzw. unter der Ebene von Verkehrswegen liegen. Eine gewisse Ausnahme bildet dabei der Bau von Brücken, die als Teil von Verkehrswegen ebenfalls zum Tiefbau gerechnet werden, obwohl sie über der Erdoberfläche liegen, aber doch unter dem Niveau des darüber geführten Verkehrswegs. Der Begriff ‚Tiefbau' dient insbesondere als Abgrenzung zum Gebiet des ‚Hochbaus'. Planer des Tiefbaus sind in der Regel Bauingenieure aber auch Architekten, die jedoch fast nur bei gestalterischen Arbeiten herangezogen werden."

Sie sagte nur: „Aha, aha", und ich wusste nicht, ob sie wirklich ganz verstanden hatte, was ich gesagt hatte. Für mich wäre es ja auch sehr schwierig, einen relativ komplexen Zusammenhang wie diesen in einer anderen Sprache als meiner Muttersprache leicht verstehen zu wollen.

Nach einiger Zeit und Trödelei, weil wir uns unterhielten und immer einmal wieder stehen blieben, kamen wir dann beim Museum an und gingen über die Treppe an der Vorderseite des klassizistischen Säulenbaus ins Foyer, wo ich mich erst einmal umschaute, ob es auch einen Souvenirladen gäbe. – Souvenirläden sind für viele Menschen sehr wichtig, weil man hier den Beweis kaufen kann, dass man im Museum war.

Haris nahm mich am Arm und zog mich zum Rezeption–Schalter und sagte, dass sie Tickets für den Eintritt kaufen wollte, da sie mich ja auch eingeladen hatte. Ich bat sie um einen Moment Geduld und trat selber an einen der Schalter heran. Die junge Frau dahinter fragte ich der Reihe nach, ob sie Deutsch, Englisch oder Französisch spräche. Sie schüttelte den Kopf oder besser gesagt nickte schräg, was auf Griechisch ‚ochi‘, also nein bedeutet und antwortete etwas auf Griechisch, was ich nicht verstand. Haris übersetzte, dass sie nur Griechisch spräche, aber in einer Stunde Kollegen zurück seien, die die von mir genannten Sprachen beherrschten. Für den Augenblick bedauerte sie, mir nicht weiterhelfen zu können. Sie fragte weiter, ob ich Tickets kaufen wollte. Haris antwortete schnell auf Griechisch und zückte ihre Geldbörse. Ich legte meine Hand auf Haris Hand mit dem Portemonnaie und gab ihr zu verstehen, dass sie mit dem Kauf der Tickets warten möchte und sich anstatt dessen erkundigen sollte, ob der Herr Direktor Adrianakis zu sprechen sei.

Haris schaute mich sehr irritiert an, aber ich bat sie zu übersetzen, was ich gefragt hatte. Und Haris übersetzte, worauf die junge Rezeptionistin fragte, wer denn den Herrn Direktor sprechen möchte und in welcher Angelegenheit. Nachdem mir Haris wiederrum übersetzt hatte, worum es ging, zog ich mein Portemonnaie aus der Hosentasche und entnahm ihm eine Visitenkarte, die ich an die Angestellte weiterreichte. Gleichzeitig schaute ich mich um und dachte, dass es sehr dumm von mir gewesen war, das Portemonnaie in der Hosentasche in der U–Bahn und den belebten Straßen getragen zu haben. Die Angestellte zögerte einen Moment, griff dann aber doch zu einem Telefon und sprach mit jemandem. Ich hörte nur meinen Namen und den Namen des Direktors, den ich genannt hatte, von dem was sie sonst sagte, verstand ich nichts. Sie wandte sich an Haris, die erneut übersetzte, dass der Herr Direktor nicht im Hause wäre, aber in Kürze jemand käme, der sich um uns kümmern würde. Haris schaute mich noch einmal stumm fragend von der Seite an, und ich sagte ihr nur, dass ich ihr später alles erklären wollte.

Es dauerte ein paar Minuten, in denen ich mir die Kataloge zu den Ausstellungen anschaute, bis plötzlich aus einem Nebengang eine junge, elegant gekleidete Frau in den Mittdreißigern erschien. Ein eng anliegendes Kleid, das ihre schlanke Figur betonte, wie ich wohlwollend feststellte. Dunkelblondes Haar, zu einem Bubikopf frisiert, hob die schönen, ebenmäßigen Züge ihres freundlichen Gesichtes hervor. Darin strahlte ein Augenpaar von faszinierendem Grün. Sie war nur noch einige Meter von uns entfernt, als sie die Hand schon ausstreckend auf mich zukam wobei sie „Hallo Gerd, was um alles in der Welt machen Sie hier?" auf Englisch ausrief.

Haris riss ihre Augen auf. Ich antwortet, ebenso erstaunt: „Liebe Panagiota, die Frage darf ich ihnen auch stellen. Ich dachte Sie wären jetzt im Museum in Olympia tätig? Das ich Sie hier treffe, ist eine höchst angenehme Überraschung für mich."

„Na ja, ich habe ein wenig Karriere gemacht und außerdem bin ich ja ursprünglich aus der Gegend um Athen zuhause. Aber zurück zu Ihnen, was treibt Sie denn hierher? Sie wollten zu Herrn Adrianakis, unserem Direktor?"

„Also, die Geschichte ist ganz einfach zu erklären. Meine charmante junge Begleitung hier, ich wandte mich zu Haris um, ...darf ich bitte vorstellen, Fräulein Haris Chrisantopoulos, gehört zu meinem, ähh...", einen kleinen Augenblick wusste ich nicht was ich weiter sagen sollte. Panagiota schaute mich neugierig an und ich glaubte einen ganz kleinen Moment zu wissen, dass sie dachte Haris, wäre sicherlich meine Freundin. Ich fuhr dann aber fort und erklärte, dass Haris im gewissen Sinne zu meinem erweiterten Bekanntenkreis gehörte. „Sie hat mich liebenswürdiger Weise eingeladen, mit ihr heute hier zu Ihnen ins Museum zu gehen. Aber da ich keinen Eintritt bezahlen wollte, dachte ich mir, nach eurem Direktor, meinem alten Bekannten, zu fragen, der uns gewiss umsonst in euer Museum hereinließe Und vielleicht könnten wir nachher mit ihm einen Kaffee trinken."

Panagiota bog sich vor Lachen: „Also das mit dem Eintritt, das schaffen wir schon noch, aber das mit dem Kaffee und Herrn Adrianakis ist ein wenig schwierig, da er sich zur Zeit für Feldforschungen bei Sparta aufhält. Es tut mir wirklich persönlich leid, dass ich auch keine Zeit für Sie habe, da momentan Besuch aus Gießen bei uns im Haus ist. Wissen Sie was? Kommen Sie doch einfach mit.

Ich glaube sogar, Sie kennen die Herrschaften sehr wahrscheinlich, weil Sie doch bei der Tagung in Basel über Maßnahmen zur Konservierung unter anderem der römischen Stadtfunde bei Waldgirmes unweit Gießens referiert hatten."

„Liebe Panagiota, ich danke von Herzen für die freundliche Einladung, zumal wir uns schon eine ganze Weile nicht mehr gesehen haben, aber so gerne ich mit ihnen noch eine Weile verbringen wollte, möchte ich doch meine nette Begleiterin nicht vergrämen oder gar langweilen und mit ihr ein wenig mehr Zeit zusammen sein. Zumal sie es ja war, die mich doch eingeladen hat, mit ihr den Nachmittag zu verbringen. Wie sollte ich die Einladung einer so schönen jungen Frau widerstehen?", dabei wandte ich mich lächelnd Haris zu, die offensichtlich gespannt unserem Dialog folgte. „Ich bin ja nicht sehr oft in Athen, aber ich bin ganz privat hier und lasse mich auch nicht davon abbringen, so gern ich auch mit ihnen, meine liebe Panagiota, diskutiere und auch manches Mal über Befunde streite." Ich zwinkerte ihr zu, und sie hatte sofort verstand, was ich meinte, denn sie blickte wisseend von einem zum anderen, während sie versonnen lächelte.

„Gerd, ich muss leider wieder los, meine Gäste warten und wir haben noch ein ziemliches Pensum vor uns. Sollten Sie es sich doch noch anders überlegen, nachdem Sie schon einen Rundgang bei uns gemacht haben, fragen Sie bitte einfach nach mir. Aber vielleicht rufen Sie mich doch auch an, wenn Sie noch eine Weile in Athen sind. Würde mich freuen! Wenn es denn ihre Zeit zulässt."

Sie schüttelte uns beiden die Hand und holte an der Rezeption zwei Eintrittskarten für uns. Dann verließ sie uns mit leicht federndem Schritt, blieb aber noch am Nebengang stehen, drehte sich nochmals um und winkte uns zu.

Ich hoffte Haris hatte nicht bemerkt, wie fasziniert ich Panagiota hinterher schaute, denn sie war ohne Frage schön anzusehen. In Gedanken schämte ich mich ein wenig natürlich für meine unverholene Beobachtung. Hätte ich meine Bewunderung für Panagiota laut gesagt, hätte mich Haris wahrscheinlich als ‚male-chauvinist' bezeichnet, wenn nicht beschimpft. Ich war mir sicher, ihre Schwester hätte in der ähnlichen Situation ganz cool reagiert mit: „Und was ist mit mir?"

Wir hatten ungefähr zwei Stunden im Museum verbracht und zwischendurch im Museums–Café, das sich in einem von Citrus– und Feigenbäumen eingerahmten Innenhof befand, einen freien Tisch gefunden und bei der Bedienung Getränke bestellt. Wir saßen nur ein paar Meter von einem Feigenbaum entfernt, und wieder nahm ich diesen wunderbaren und exotischen Duft wahr, den ich so liebte. Obwohl ich für meine Begriffe mit der liebenswertesten Person in ganz Athen zusammen war, kamen mir mit dem Duft der Feigen ein paar schöne Erinnerungen hoch.

Haris wünschte sich einen Kaffee und ein Mineralwasser, und ich verlangte eines der guten griechischen Biere. Vielleicht nicht mehr ganz so gut, wie ich sie kannte, aber internationale Konzerne hatten auch in Griechenland die Getränkeindustrie weitgehend unter ihre

Kontrolle gebracht und begonnen gefällige Biere für einen größeren Markt zu brauen. Die alten traditionellen Brauereien, von denen einige Bier nach guter süddeutscher Art gebraut hatten, waren verschwunden. Sie waren ein Überbleibsel aus der Zeit, als Otto von Bayern König von Griechenland geworden war und aus der unseligen Zeit der deutschen Besatzung im Zweiten Weltkrieg.

Wir unterhielten uns angeregt über die Exponaten, die wir in der Ausstellung bewundert hatten . Einmal, als wir vor einer Vitrine mit zierlichen korinthischen Parfüm– oder Ölvasen aus schwarz gebranntem Ton standen, erinnerte ich mich an meinen Raub eines ähnlichen Gefäßes an einer Ausgrabungsstätte nahe Patras und erzählte die Begebenheit meiner charmanten Begleiterin.

Es war Sonntag gewesen, und bei der Ausgrabung war niemand zu sehen. Alle im Ort schienen in der Kirche gewesen zu sein, die oberhalb dieser Ausgrabungstäte lag. Wie üblich hatte man einen Grabungsschnitt durch das Gelände gelegt und mit Fäden ein Koordinatennetz über das Gelände gespannt, um exakt die Lokalisierung von Funden dokumentieren zu können. Da niemand dort war, hatte ich mich einem Grabungsschnitt genähert und sah etwas ein wenig aus dem Lehm herausragen. Es zeigte sich, nachdem ich ein wenig mit einem Finger nachgeholfen hatte, das Etwas oder den Gegenstand heraus zu befördern, es handelte sich um eines dieser Väschen, die wir betrachtet hatten. Ich steckte sie schnell ein reinigte sie dann später.

Die Grabung war auf 350 B.C. datiert, so war ich nun im Besitz einer über 2300 Jahre alten korinthischen Vase. Später war ich einmal in das heimische Museum mit einer Altertumsabteilung gegangen und hatte einem der Mitarbeiter die Vase gezeigt und ihm erzählt, ich hätte diese Vase, von meinem verstorbenen Vater geerbt und nun wüsste ich gern, ob sie alt oder etwas wert wäre, da sie kaputt zu sein schien. Er schaute sich die Vase an und meinte dann, dass sie sicherlich eine ‚commodity' in der hellenistischen Welt gewesen wäre und wegen der Art der Brennung und Farbe sicher aus dem 4. Jahrhundert B.C. stammte.

Ich erklärte Haris, dass ich sie immer besäße, aber nie ein schlechtes Gewissen deswegen gehabt hätte. Sie schaute mich an, schüttelte dann ihren Kopf und meinte, sie könnte es kaum glauben, mit einem „Grabräuber" in einem Museum unterwegs gewesen zu sein. Für einen Augenblick blickte ich sie bestürzt an, doch dann lachte sie herzlich, und ich stimmte erleichtert mit ein. Es war einfach schön mit ihr zusammen zu sein und zu lachen.

Natürlich, eines hatte ich inzwischen jedoch zu meiner Freude bemerkt und durch ihr Verhalten gelernt, wie wir allmählich miteinander vertrauter wurden. Jedenfalls hoffte ich, dass ich nicht einem Irrtum aufsaß. Es könnte ja auch wieder nur an dieser südländische Art liegen, sehr offen, freundschaftlich und herzlich miteinander umzugehen und dabei so etwas wie Nähe empfinden, wie ich es doch auch von italienischen Kollegen gewohnt war. Dabei war es nur diese Spezielle Art, im Grunde genommen, sehr oft nur oberflächlicher Art. Ich schob zweifelnde Gedanken beiseite. Haris hatte hin und wieder meine Hand genommen, während wir in der Ausstellung von Vitrine zu Vitrine zogen. Und das fühlte sich gut an.

Nachdem wir eine Weile geschwiegen und den schönen Garten bewundert hatten, kamen die bestellten Getränke. Ich zahlte sofort, ohne einen Kommentar oder Einwände von Haris abzuwarten, die auch ihr Portemonnaie gezückt hatte. Haris beugte sich leicht über den Tisch vor und mir entgegen, sprach mich ganz direkt auf unsere Begegungmit Panagiota im Foyer des Museums an: „Was war denn das für eine Geschichte, die da im Museum ablief? Ich hatte plötzlich das Gefühl, neben jemanden zu stehen, den die halbe Welt kennt und diese Person läuft neben mir her! Meinst du nicht, du schuldest mir eine Erklärung. Ich komme mir ja wie eine Idiotin vor!" Ganz offensichtlich war Haris erregt, denn ihre Stimme klang ungwohnt laut. „Du gehst mit mir zu diesem Museum, das dir bestens bekannt ist, und wo man dich kennt und mit dir spricht, als gehörtest du dahin und als ob es das Normalste von der Welt wäre. Das wirkte auf mich so, als wenn du ständig da wärest und mit diesen Leuten verkehrtest. Die habe ich zwar auch schon einmal gesehen, wenn wir im Museum waren, aber nie im Traum hätte ich daran gedacht, sie anzusprechen. Die würden auch wahrscheinlich mit mir ‚kleinem Licht', – so sagt ihr doch, oder? – auch nur ein Wort zu wechseln. Weißt du, ich fühlte mich ein bisschen doof, wie ich da neben dir stand. Warum hast du mir denn nicht gesagt, dass man dich dort kennt, als ich dich gefragt hatte, ob du das Museum kennen würdest?"

Sie war tatsächlich zornig. Ich blickte in ihr Gesicht, in dem sich zwei kleine tiefen Furchen zwischen den   zusammen gezogenen

Augenbrauen bildeten. Ihren schönen Mund hatte sie zornig zusammengepresst. Ihr Kinn wirkte verspannt und sie hatte es provokativ vorgeschoben. Trotzdem sah sie für mich so liebenswert und wunderschön aus, dass ich nicht anders konnte als sie anzulachen.

„Liebe, liebe Haris, verzeih mir bitte! Ich wusste doch nicht, dass Panagiota dort war. Ich kenne sie von diversen Tagungen. Den Herrn Direktor kenne ich nicht ganz so gut, um ihn habe ich mich nie so gekümmert, aber es war ja immerhin ein Versuch wert, das Eintrittsgeld zu sparen."

„Aha, um die Dame hast du dich also bemüht, typisch! Wie um die Verkäuferin und meine Schwester! Bist du vielleicht ein wenig flatterhaft? Und wie kommt es bitte, dass du alle diese Leute kennst und auf allen möglichen Tagungen triffst?"

„Also erstens habe ich mich nicht um Panagiota auf Tagungen *gekümmert*", sagte ich betont und gedehnt, „auch nicht um die Verkäuferin, die war doch einfach nur nett zu uns. „Zu uns?", fuhr Haris auf, „zu uns? Wohl eher zu dir!"

„Ich pflege eben den Mitmenschen in einer freundlichen und höflichen Art und Weise zu begegnen und mit ihnen nett umzugehen. Eines habe ich in meinem Leben gelernt, man sieht sich immer zweimal", erklärte ich ihr ruhig.

„Wie mit mir; nur höflich und freundlich?"

Jetzt musste ich aber wirklich lachen. Ich griff über den Tisch hinweg ihre Hand, die sie mir nicht entzog und hielt sie fest: „Nein nicht nur! Du tust mir gut. Ich bin wirklich sehr gerne mit dir zusammen – hörst du mir zu? Nicht aus Konvention!"

Sie ging nicht auf das von mir eben Gesagte ein, hielt aber meine Hand weiter fest: „Also, was für Kongresse oder Veranstaltungen sind das?"

„Nun, das letzte Mal haben wir uns in Basel getroffen, wie Panagiota sagte. Es war auf einer Tagung, die die „Schweizerischen historische Gesellschaft für Ur– und Frühgeschichte" organisiert hatte. Seit 2006 übrigens, nebenher bemerkt, trägt die Organisation den Namen „Archäologie Schweiz". Ich möchte nicht allzu sehr ins Detail gehen, aber eines meiner Spezialgebiete ist jedenfalls die Konservierung von entdeckten Altertümern für spätere Zeiten, wenn Überbauungsmassnahmen durch Gebäude oder Strassen nicht verhindert werden können. Es geht aber auch oft darum, bei Gebäude– oder Mauerresten, sie in entstehende Baumassnahmen einzubinden. Die Griechen haben, wie du weisst, begonnen ein neues Museum unterhalb der Akropolis zu bauen und sind dort auf substantielle Reste des alten Athens gestossen, das von den Persern zerstört worden war. Es ging neben anderen Problemen darum, die freigelegten Ruinen den Athenern zugänglich zu machen. Das heisst, man machte sich in Europa und USA bei Organisationen und Firmen schlau, von denen man annahm, dass sie in diesen Dingen Erfahrung hatten. Die Lösung ist sehr elegant. Besucher des Museum gehen über Glasplatten über die Altstadt hinweg ins Museum."

Ich redete und redete, hielt ihre Hand fest und hoffte diesen Augenblick immer weiter herauszögern zu können. Mehr und mehr fühlte ich mich ganz zu dieser charmanten jungen Frau hingezogen. Haris fragte mich, ob mir mein Beruf viel Freude bereitete, und ich konnte ihr wahrheitsgemäß antworten, dass es eigentlich nicht so sehr der Beruf an sich sei, der mir viel Zufriedenheit bescherte, sondern die Menschen, die mit mir zusammen arbeiteten. Gleich schloss ich an, dass es sich sicherlich wie ein dummer und oft gehörter Gemeinplatz klänge, aber dass ich es wirklich ganz ernst meinte.

Es schien mir, und dass freute mich natürlich, als ob sich Haris ernsthaft für mich interessierte, denn sie fragte mich, wie und wo ich meine erste Frau kennen gelernt hatte und ob ich auch Freunde hätte. Denn dass ich im Moment keine Freundin hatte, wisse sie ja bereits. Dabei strich sie sich mit einer Hand durch die Haare, schaute mir kurz in die Augen, um dann in leichter Verlegenheit ihren Blick abzuwenden.

Da war wieder das Interesse an meiner Person, das über das Übliche hinausging, und wie schon auf dem Weg zum Museum hatte ich wieder dieses Gefühl, diesen Wunsch, ihr nahe sein zu wollen. Und ich fragte mich, was mich mehr angesprochen hätte in diesem Moment als ein Satz wie „ich mag dich Gerd" oder ihre Körpersprache, ihre Blicke.

Dann erzählte ich ihr von einem meiner besten Freunde, der vor einiger Zeit verstorben war, und seinen liebenswürdigen aber nichtsdestotrotz seltsamen Eigenarten. Haris meinte, dass ich auch eigenartig sei, ein Unikum und überhaupt nicht, wie sie sich einen

Deutschen vorgestellt hätte. In ihrer Vorstellung wären alle Deutsche engstirnig, arrogant und wie man wüsste, eben nicht sehr weltoffen. Zugegeben, meinte sie, dass sie natürlich kaum, oder ehrlicher gesagt, keinen Deutschen bisher außer durch Erzählungen von ihrem Vater und auch Onkel gekannt hätte.

Dann sagte sie plötzlich, wie wir gerade dabei waren aufzustehen und das Café zu verlassen, „Wer bist du denn nun wirklich? Du tauchst hier in Athen auf, erkundigst dich nach unserer Mutter. Mein Cousin, mit dem ich kaum Kontakt habe, ruft mich und Roúla an und sagt, dass da ein Deutscher sei, der Mutter und Vater kennt und ob wir wüssten, was dieser Deutsche von unserer Mutter wollte. Jetzt haben wir diese Stunden mit einander verbracht, Gerd, und obwohl ich immer noch nicht viel verstehe, dich kaum kenne, kommst du mir überhaupt nicht mehr fremd vor. Ich sollte das vielleicht auch nicht so offen sagen, aber da ist irgendetwas Vertrautest an dir. Gewöhnt man sich so schnell an jemanden?"

„Könnte es sein, meine liebe Haris, dass du das Gleiche fühlst, was ich fühle und empfinde. Du bist mir auch in dieser kurzen Zeit, die wir uns jetzt kennen sehr, sehr gefühlsmäßig nahe gekommen", dabei beugte ich mich vor und drückte ihr Hand sanft.

„Was habe ich denn gemacht? −Aber du hast meine Frage nicht beantwortet. Wer bist du und was willst du von uns, meiner Familie, meiner Mutter? Warum bist du hier?" Ihre Frage war sehr eindringlich und ich fürchtete beinahe, sie machte sie sich irgendwie sorgte. Ich musste alles tun, diese Sorge zu zerstreuen und verhindern das Misstrauen zwischen uns entstand.

„Vielleicht weil ich dich finden wollte", sagte ich und schaute ihr lächelnd in die Augen. Und damit kam ich ja der Wahrheit schon ziemlich nahe, obwohl ich eine Schwester finden wollte, hatte ich meinen Satz ganz anders gemeint. Dass Haris diese Personen sein sollte, glaubte ich nicht mehr und wünschte mir von ganzen Herzen, sie wäre es nicht. Kurz ging mir durch den Kopf, wenn ich zu viel gefühlsmäßig in Haris investierte, was für ein dummer Gedanke, ich in eine emotionale Katastrophe stürzen könnte.

„Warum bist du nach Athen gekommen?" fragte sie mich erneut.

„Haris, hör mir zu. Sotiria hat mich das auch schon gefragt, aber bis ich mit eurer Mutter gesprochen habe, kann ich euch nichts sagen. Ich hatte immer das Gefühl, das es etwas Besonderes gibt, das mich mit Athen verbindet. Und da gibt es noch Etwas; mein Vater hatte vor jeder Reise nach Griechenland und Athen im Voraus geplant, Eure Mutter, Eleni, zu treffen, wird mir inzwischen klar. Sei bitte versichert, dass ich nichts von euch will! Da gibt es keine unlauteren Absichten. Ich möchte nur ein wenig Licht in die Vergangenheit meines Vaters bringen. Mir ist klar geworden, nachdem wir uns kennen gelernt haben, dass, wenn ich jetzt etwas will, dann ist es mit dir wie heute zusammen zu sein. Mit dir möchte ich zusammen sein, hörst du! Das jedenfalls wünsche ich mir."

„Nur wie heute?" und sie zog einen Schmollmund.

„Nein nicht nur wie heute. Ich will dir nah sein. Ich will für dich mehr sein als ein Tourist, der nach Athen gekommen ist und dich zufällig kennen gelernt hat."

Kühn geworden nach diesem Dialog und ihrer Reaktion geschuldet, denn sie lehnte sich mir entgegen und schaute mir direkt und fest in dieAugen, nahm ich meine Hand und legte sie an ihre Wange. Haris schmiegte sich an meine Hand und legte ihre noch darüber. Sie sagte etwas auf Griechisch, das ich nicht verstand und Haris wiederholte auf Deutsch, sie hätte gesagt hatte, sie wünschte, sie könnte mir glauben. Ich lachte sie an und sagte nur, dass ich jedes Wort ernst gemeint hatte, wie ich es gesagt hätte. Als Antwort lachte sie mich nur an.

„Na also meine Liebe, da lachst du wieder. Hat dir schon jemand gesagt, dass du wunderschön aussiehst, wenn du lachst, und sich dann an deinen Wangen diese Grübchen bilden?"

„Danke für das Kompliment, du machst mich ganz verlegen und ich weiß nicht, was ich sagen sollte. Was sind bitte *Grübchen*?"

„Lachgrübchen oder Lachfalten."

Haris schien zu denken, Gerd wollte sich irgendwie über sie lustig machen, Aber sie wünschte sich gleichzeitig, dass er es wirklich ernst gemeint hatte. Als er ihr sagte, sie sähe wunderschön aus und ihr nahe sein wollte, war ihr ganz heiß geworden und sie hoffte, er werde nicht sehen, wie verlegen sie war. Doch er bewies so viel Takt, dass er ihre Verlegenheit ignorierte.

Auch sie wollte das Zusammensein mit ihm so lange wie möglich herauszögern, wollte einfach nur mit ihm zusammen sein. Sie fasste schließlich einen Entschluss – sie würde ihm noch einen Teil Athens auf dem Weg zu sich nachhause zeigen und versuchen, ihn auf einen Kaffee zu sich in ihre Wohnung einzuladen.

Als sie endlich aufstehen wollte, war es an mir ihr Fragen zu stellen: „Du hast mich ja richtig ausgefragt und kennst nun meine beruflichen und familiären Umstände. Was ist mit dir? Hast du einen Freund, bist du vielleicht sogar verheiratet, obwohl du keinen Ring trägst?" Darauf hatte ich nämlich unwillkürlich geachtet, als wir uns setzten und ich ihr etwas später die Hand hielt.

„Ich habe schon die ganze Zeit gewartet, dass du mich endlich so etwas fragst", sagte sie leicht errötend. „Ich hatte natürlich Freundschaften und bin auch mit jemandem fast ein Jahr zusammen gewesen, aber es hat nicht gehalten. Wir waren einfach zu verschieden! Aber weißt du was, wir könnten uns ja später noch einmal ausführlicher darüber unterhalten?"

Als wir das Museum schließlich verließen, hakte sich Haris mit ihrem Arm bei mir unter und fragte mich, ob ich noch auf einen Sprung mit zu ihr nach Hause kommen wollte. Auf dem Weg dorthin könnte sie mir noch ein paar schöne klassizistische Bauten und Villen zeigen.

Mir gingen so viele Dinge durch den Kopf. Ich genoss diese unschuldige Form der Intimität, sie nahe an meiner Seite zu spüren. Meine Phantasie ging mit mir durch, als ich glaubte den Duft ihres

Haares wahr zu nehmen, als ein Windhauch mir eine Strähne ihres Haares fast in mein Gesicht wehte. Was würde, was könnte geschehen, wenn wir bei ihr zu Hause waren. Würden wir nicht zu schnell zu weit gehen? Und im selben Moment, als ich das dachte, wünschte ich mir nichts sehnlichster als mit dieser schönen jungen Frau zusammen zu sein. Auch fragte ich mich, sind Griechinnen emanzipiert, spröde, fordernd? Was, wenn *ich* zu forsch vorginge, würde ich das zarte Pflänzchen der gegenseitigen Zuneigung zerstören? Ich wollte nichts falsch machen; wollte nichts tun, was sie veranlassen könnte sich von mir abzuwenden. Ich hatte keine Vorstellung, was ich oder mich erwartete und konnte auch keinen klaren Gedanken mehr fassen, wie ich neben diesem wunderbaren Menschen die Straßen entlang ging. Ich war gehemmt oder befangen, sie direkt anzuschauen. Neben ihr hergehend, wandte ich immer dann meinen Kopf ihr zu, wenn sie mich wieder einmal auf eine besonders interessante Baulichkeit aufmerksam machte. Sie war für mich so hinreißend schön! Allerdings fand ich, ihre Kleidung hätte vorteilhafter sein können. In Erwartung eines kühleren Abends hatte sie einen für meine Begriffe praktischen aber hässlichen grauen Trenchcoat an.

Nach einer halben Stunde Spaziergang durch ein Stadtviertel, das sich hinter dem Museum bis hin zum Botanischen Garten nördlich des Parlamentsviertels zog, kamen wir endlich vor dem Haus an, in dem sie wohnte. Wir hatten kaum mit einander geredet und ich konnte auch nicht auf ihre Erklärungen zu klassischen und schönen Gebäuden antworten. Dann standen wir vor ihrer Haustür, und mir fiel endgültig nichts mehr ein, das ich hätte sagen oder tun können.

Es war ein viergeschossiges Haus mit einem Vorgarten, wie die meisten Häuser in dieser Straße. Das Haus, in dem sie wohnte, hob sich, wie ich meinte, durch die individuellere Gestaltung des Vorgartens von den anderen Reihenhäusern in dieser Straße ab. Die Pflanzen waren nicht alle nur Blütenpflanzen, aber alle hatten etwas, was den aufgeschlossenen Betrachter fühlen ließ, dass sich derjenige, der diesen Garten gestaltet hatte, sehr viel Gedanken gemacht hatte. Ich nahm mir vor, sie danach zu fragen, ob sie sich hier gestalterisch eingebracht hatte.

Sie schloss die Haustüre auf, drehte sich um und winkte mich herein. Schnell marschierte sie im Hausflur auf den Fahrstuhl zu, der auch schon im Parterre auf uns wartete. Sie öffnete die Türe und hielt sie mir auf. Ich zwängte mich an ihr vorbei in den Fahrstuhl. Es war nicht zu vermeiden, aber dabei berührten sich unsere Körper. Ich glaubte zu spüren, wie sie die Luft einzog, als ich mich an ihr vorbeidrängte, obwohl ich doch für diesen engen Körperkontakt nicht verantwortlich war. Dieser Kontakt, der über das ‚Händchen halten‘ hinaus ging, war mir durchaus nicht unangenehm. Schließlich befanden wir uns beide im Fahrstuhl. Sie wandte mir den Rücken zu, als sie den Knopf für die zweite Etage drückte, aber ich sah im Spiegel der Rückwand, dass sie mich beobachtete!

Begutachtete sie mich vielleicht genauso, wie ich sie jetzt mit Vergnügen im Halbprofil betrachtete. Wir waren nur ein paar Sekunden mit dem Lift gefahren, als ich bemerkte, sie sah mich im Spiegel auf die gleiche Art an. Natürlich hatte sie meine Blicke bemerkt, und als ob sie Gedanken lesen könnte, prustete sie mit einem breiten Lachen im Gesicht los.

„Wir benehmen uns ein wenig wie die Leute mit dem Fahrstuhlsyndrom", meinte ich und fiel in ihr Lachen ein.

„Was ist denn das, das ´Fahrstuhlsyndrom´?", fragte sie.

„Das ist, wenn Menschen auf kleinstem Raum zusammen sind, wie in einem Fahrstuhl, keiner den anderen ansieht."

„Ich sehe dich gerne an und du hast mich auch im Spiegel angesehen. Also leiden wir nicht unter dem Fahrstuhlsyndrom? Oder doch?", sagte ich und sah sie prüfend im Spiegel an. Ich wollte zu gerne wissen, wie sie auf meine Bemerkung reagierte.

„Nein, darunter leiden wir bestimmt nicht", meinte sie, drehte sich zu mir um und boxte mich leicht vor die Brust. Der Lift war angekommen, sie stieß die Türe auf und sagte nur: „Folge mir einfach."

Direkt gegenüber dem Fahrstuhl befand sich die Wohnungstüre zu Haris Apartment. Sie schloss die Haustüre auf und ich folgte ihrer Einladung und trat ein. Die Wohnung lag im Halbdunkel, da die Rollläden heruntergelassen waren, um tagsüber eine Aufheizung der Räume durch die intensive Sommersonne zu verhindern. Schnell trat sie an eines der Fenster des Wohnraumes und ließ eine wenig mehr

Licht durch das Doppelfenster herein, während ich mich ein wenig im Raume umsah.

Die Türen zu den anderen Räumen waren geschlossen. Es gab keinen Vorraum, sondern eine einfache Garderobe aus gebogenen Metallstangen, die neben der Eingangstüre stand. Keine Vorhänge an den Fenstern, aber ansonsten sehr viele moderne Bilder und Graphiken an den Wänden. Die Möbel erschienen mir alle ein wenig zu bunt. Eine Wohnung, wie ich sie am wenigsten von ihr, sondern eher von ihrer Schwester erwartet hätte. Warum ich das in diesem ersten Augenblick empfand, kann ich wirklich nicht mit Bestimmtheit sagen. Die Wohnung, oder das was ich bis jetzt davon gesehen hatte, war sicherlich gemütlich eingerichtet, aber es herrschte dennoch eine gewisse Unordnung, verursacht durch Gegenstände, Zeitungen und Bücher die herumlagen. Das schien nicht zu Haris zu passen. Vielleicht hatte ich ja auch eine völlig falsche Vorstellung von ihr. Es mochte sein, dass die Schwestern gar nicht so verschieden waren, wie ihr Äußeres vermuten ließ, und wie ich glaubte es wahrgenommen zu haben.

Sei es wie es war, – ich fühlte mich trotzdem gleich bei Haris zuhause wohl. Sie sprach mit dem Rücken zu mir als sie sich mit der Post beschäftigte, die auf dem Tisch lag: „Entschuldige, aber ich muss jetzt dafür sorgen, dass du etwas zu trinken bekommst, nachdem ich dich ja nun schließlich eingeladen habe, mit zu mir zu kommen. Möchtest du amerikanischen Kaffee, Mokka oder einen Softdrink? Ich habe auch Orangensaft."

Nach dem Spaziergang war ich durstig: „Hast du vielleicht auch ein Bier?"

„Nein, das habe ich nicht, aber ich kann dir einen schönen Weisswein anbieten."

„Ist er trocken?"

„Was meinst du damit?" entgegnete sie lachend", der ist nass!"

„ Sei nicht albern. Ist er süss oder sauer?"

Wieder lachte sie: „Ja er ist ziemlich trocken, wenn du das meinst, mit ein wenig Restsüße."

Ich entschloss mich den Weißwein zu versuchen.

Haris öffnete eine der Türen, die zur Küche führte und ging an den Kühlschrank, der in der Ecke der Küche stand. Sie entnahm ihm eine Flasche. Auf dem Weg zurück zu mir fragte sie mich: „Magst du vielleicht Musik hören?"

„Ja, gerne."

„Setz dich doch, oder willst du den Rest des Tages dort stehen bleiben? Wie sagen die Engländer: „Make yourself a home!"
Ich ging ihr entgegen und nahm ihr die Flasche ab, um das Etikett zu lesen.

„Hast du auch Gläser?"

„Mein Gott, entschuldige. Natürlich!" Sie ging an das Sideboard und entnahm ihm zwei Gläser und mir zurückkehrend fragte sie, „Was möchtest du denn hören?"

„Das kommt doch darauf an, was du da hast!"

„Kennst du griechische Musik?"

„Ich denke ein wenig. Zum Beispiel Dalares, Alexeiou, Kazantidis, Parios, Elefteria und noch einige andere. Natürlich auch Theodorakis und einige seiner Interpretinnen und Interpreten. Ich mag aber genauso gern, ob du es hören willst oder nicht, einige türkische Interpreten. "

„Du scheinst dich ja wirklich gut auszukennen mit griechischer Musik! Wie ist es mit Mouskouri?"

„Also einige griechische Künstlerinnen und Künstler habe ich ja immer gern gehört, und sie gehörte auch zu denen, deren Stimme und Vortrag mich berührte, aber nur bis ich erfahren habe, wie schäbig sie sich zur Zeit der Junta verhalten haben und zu feige waren, Theodorakis Lieder zu interpretieren. Die Mouskouri ist für mich so ein Beispiel, aber vielleicht kenne ich ja auch nicht alle Details und tue ihr Unrecht. Die Ironie ist doch, dass sie als erste mit Hadjidakis den Gedichtzyklus „Epitaphios" von Ritsos, den Theodorakis vertont hatte, aufgenommen und aufgeführt hatte."

Haris lachte hell auf und schüttelte den Kopf: „Du überraschst mich immer wieder aufs Neue. Von dir kann man, beinahe glaube ich, sogar noch etwas über griechische Musik und Gedichte lernen, oder? Aber warum magst du denn die Mouskouri nicht?"

„Das eben ist der Grund, nämlich die Interpretation des von Theodorakis vertonten Gedichtzyklus. Ich will nicht zu sehr in die Breite gehen, aber über die Umsetzung der Musik unter anderem mit Mandolinen bei Hadjidakis, kommt es zu einer heftigen Auseinandersetzung zwischen Letzterem und Theodorakis, der eine Interpretation mit Bouzoukis wünschte, da volksnäher und zeitgerechter. Leider wurden dann auch Theodorakis kommunistische Ideen diskutiert, die letztlich zur Entzweiung der beiden ehemaligen Freunde und zu Theodorakis späterer Verhaftung führten."

„Puh, du machst mir ja beinahe Angst. Da kommt man sich ja regelrecht klein vor angesichts dessen, was du über Griechenland weißt. Du redest dich ja regelrecht in Rage. Sagt man das so?"

Jetzt musste ich lachen und schaute Haris an, aber sie wich meinem Blick aus. Hatte sie etwa wieder ein bisschen rote Wangen bekommen?

„Liebe Haris, wir haben bisher noch nicht über Griechenland, sondern doch nur über Musik gesprochen! Und außerdem bin ich seit meiner Studentenzeit ein Anhänger von Theodorakis. Heute sagt mal wohl ein Fan."
„Nun gut, dann mache ich jetzt ein wenig Musik", sagte sie und ging zu dem Geräteturm, neben dem sich ein kleines Regal für CDs befand.

Haris setzte sich wieder neben mich; überirdische Musik – der Himmel öffnet sich, spinne ich im Geiste, dann setzt die Stimme ein. Eleni singt „I nihta", dann die Bouzouki.

Ich schloß die Augen und merkte erst dann, dass sie meine Hand in ihre nahm, urplötzlich war ich wieder im Hier und Jetzt und wollte sie nie wieder loslassen. Haris saß eng neben mir, sie hob ihr Glas, schaute mich an und prostete mir zu. Ich erwiderte ihren Trinkspruch auf Griechisch. Ich spürte die Wärme ihres Körpers und meinte den Duft ihrer Haut wahrnehmen zu können; es war unglaublich schön und spannend zugleich neben ihr zu sitzen, mit ihr zusammen zu sein.
Ich musste mich wirklich zusammenreißen und an mich halten, um nicht eventuell etwas kaputt zu machen, was noch nicht richtig begonnen hat. Ich sollte, ich muss gehen, gleich! Nach dem zweiten Glas Wein bat ich Haris, gehen zu dürfen. Sie schlug vor mich zum Hotel zu bringen, aber ich lehnte lächelnd ab und glaube, sie wusste sehr genau, warum ich gehen musste. An der Türe nahm ich sie mit beiden Händen leicht bei den Schultern und hauche ihr einen Kuss auf die Stirn. Als ich mich umdrehte und in den Fahrstuhl stieg, wandte sie sich schnell ab und verschwand in ihrer Wohnung. Aber ich glaubte, ich sah eine Träne in ihren Augen.

Wieder waren zwei Tage vergangen, ohne dass ich mit meiner Recherche weiter gekommen wäre. Die Zeit schien mir davon zu laufend. Wenn nicht bald etwas passiert, würde ich unverrichteter Dinge abreisen müssen. Aber dann meldete sich ein Hintergedanke…., denn ich bliebe gerne noch, weil ich das Zusammensein und die Gemeinsamkeiten mit den jungen Frauen genoss. Und, ich gebe es zu, mich geschmeichelt fühle, dass sich scheinbar beide jungen Frauen für mich ernsthaft interessierten.

Wenn ich sie anrief, um zu erfahren, ob sie Zeit für mich hätten, wollte ich jedes Mal die Konversation in die Länge ziehen, um mich von ihren Stimmen verführen zu lassen. Nur ihre körperliche Anwesenheit war natürlich noch viel schöner. Ich würde im Büro anrufen und ihnen mitteilen, dass ich länger bleiben müsste, da ich von einem interessanten Projekt gehört hätte, das für uns von kommerziellem Interesse sein könnte. Ich würde lügen, aber am Telefon konnte mich nicht verraten!

Welch glückliche Fügung, ich bekam beide an die Strippe und – beide hatten Zeit! Also schlug ich ihnen vor, dass wir zusammen ausgehen könnten, ich würde sie einladen ! Die beiden erklärten, dass sie gerne mit mir in ein angesagtes Lokal gehen möchten. So gingen wir zu einem bekannten Lokal tanzen. Wo wir genau mit dem Taxi hingefuhren, kann ich nicht sagen, aber es schien eine Ausfallstraße von Athen zu sein. Wir fanden in dem Lokal einen schönen Tisch der etwas von der Tanzfläche zurückgesetzt war, aber einen guten Blick auf die Tanzenden und die Kapelle bot. Der Ober brachte uns die Getränkekarte. Nachdem ich die Mädchen fragte, was sie trinken möchten, giggelte Sotiria, es schien ein wenig albern, und dann sagten beide Mädchen, wie aus einem Munde Sekt ´Karanika Brut`. Es war nicht eben der billigste Sekt auf der Karte, aber nun gut. Im Verhältnis zu Preisen in mitteleuropäischen Spitzenläden, war dies hier billig.

Die Musik war recht laut, sodass eine Unterhaltung zu dritt um den Tisch herum schwierig war. Wir begannen uns nach einer kleinen Pause der Kapelle zu unterhalten und dem Sekt eifrig zuzusprechen, aber ich hatte ein komisches Gefühl, dass die beiden jungen Frauen irgendwie befangen wirkten.

Als die Musik wieder einsetzt, standen beide wie auf ein Kommando zusammen auf und gingen auf die Tanzfläche. Sotiria drehte sich noch einmal kurz um, winkte mir zu und schwebte dann, wie ich es schon einmal gesehen hatte, auf die Tanzfläche. Es ist wunderbar, welche Verwandlung in den beiden Frauen passierte, die sich in dem absoluten Gleichsinn mit der Musik bewegen. Es erinnert sicherlich an sinnliche türkische und arabische Tänze, und war gewisslich nicht mit dem, was wir aus Mitteleuropa kennen, zu vergleichen Dieses Wiegen der Frauen in den Hüften, die Bewegungen der Männer mit einer Grazie, die außer Südländern sonst niemand zustande bringt. Auch sie, die Griechen waren ja stark von den Osmanen, wie die Spanier von Arabern und Mauren, beeinflusst worden. Viel später klärte mich Haris auf, dass die Musik und die Mode in Athen vor dem Bevölkerungsaustausch mit der Türkei im Großen und Ganzen im Einklang mit dem war, was in London, Paris und Berlin en vogue war. Ein Viertel der Bevölkerung kam aus Kleinasien von der ionischen Küste, wo sie fast drei tausend Jahre gelebt hatten, und sie brachten ihre Musik, Kultur und ihre Sprache mit. Wer von wem an der ionischen Küste etwas übernommen hat, ist doch irrelevant. Die Türken nahmen es mit und brachten es über das heutige Griechenland hinaus zum Balkan. Eine zivilisatorische Leistung, nachdem das Griechische durch die Osmanen in der einst hellenisierten Welt in

Kleinasien fast ausgemerzt worden war. Dort blieben nur noch die Ruinen der einst blühenden griechischen Städte zu bewundern.

Haris kam von der Tanzfläche zurück. „Was ist los?", fragte ich, hast du keine Lust mehr zu tanzen, geht es dir gut?"

„Warum sollte ich noch weiter tanzen? Die Show gehört Roúla, schau sie dir doch nur an, da störe ich im Moment nur!" Haris warf sich auf den Sessel neben mir.

„Haris, ehrlich gesagt verstehe ich dich nicht!"

„Siehst du denn nicht, dass sie nur für dich tanzt, du Dummkopf?"

„Warum sollte sie nur für mich tanzen? Ich kann das nicht erkennen, aber sie tanzt sehr schön!"

„Alle sehen es!"

„Was sehen sie?"

„Alle sehen es, scheint mir, aber nur du nicht! Sie tanzt nur für dich. Sie liebt dich!"

„Aber sie ist doch meine Schwester", platzte es beinahe aus mir heraus, aber im letzten Moment konnte ich mir es verkneifen. Statt dessen nahm ich meinen ganzen Mut zusammen und sagte was mir endlich klar geworden war: „Ich war auf dem besten Wege, mich in sie zu verlieben, aber dann habe ich dich gesehen und das war wie eine Momentaufnahme, die ich nicht vergessen konnte, wie du aus dem Krankenzimmer deiner Mutter kamst. Ich denke, du hast mich ganz gewiss nicht richtig bemerkt. Aber ich bekam diesen Anblick von dir nicht mehr aus meinem Gedächtnis."

„Na und? Du hast mich also gesehen!" Haris blickte zu Boden.

„Ich denke, dass ich mich in dich verliebt habe! Ja, ich liebe dich Haris!", sprudelte es aus mir heraus und wollte nach ihrer Hand greifen. Doch sie zog sie hastig zurück, und sie nickte mit ihrem Kopf in Richtung ihrer Schwester. Ich verstand nicht sofort. Sie blickte mich an, lächelte dieses Lächeln, das ich später das ‚Harislächeln' nenne werde und sagt sehr leise, so dass nur ich es hören sollte, ganz einfach: „Aber ich liebe dich doch auch!"

Ich wollte ihr um den Hals fallen, aber dazu kam es nicht, Sotiria kehrte strahlend von der Tanzfläche zurück. Sie plappert und plappert, und als die Musik wechselt, forderte sie mich auf: „Gerd, komm mit mir tanzen!"

Haris schaute mich fragend an, und Sotiria zog mich aus dem Sessel und hinter sich her auf die Tanzfläche. Sie instruierte mich, einfach die Schritte zu machen, die sie mich gelehrt hatte. Außerdem dürfte ich nicht so oft auf meine und ihre Füße sehen, sondern sollte sie anschauen; „Fühle den Rhythmus und folge einfach der Musik! Dann wird es schon." Sie nickte mir zustimmend zu, und als ich einen Blick auf Haris warf, sah ich blankes Erstaunen in ihrem Gesicht. Vielleicht war ich ja gar kein so übler Tänzer und gab eine relativ gute Figur ab. Ich war stolz!

Nach dem Tanzvergnügen brachten die beiden Frauen mich mit der Taxe am Hotel vorbei. Ich weiß nicht was mich geritten hatte, aber ich lud die Schwestern noch auf einen Drink an der Hotelbar ein. Dem Taxifahrer drückte ich ein paar Scheine in die Hand und bat Haris zu übersetzen, dass er in zwei Stunden noch einmal am Hotel vorbei kommen sollte. Er schaute mich fragend an, aber dann nach einem kleinen Moment erschien auf seinem Gesicht ein breites Lächeln, als ich ihm noch einen Schein in die Hand drückte.

Als wir dann zu dritt an der Rezeption vorbei zur Bar marschierten, erntete ich von meinem freundlichen Concierge ein bewunderndes Nicken. Was hatte ich mir nur dabei gedacht, die beiden Mädchen noch zu mir ins Hotel einzuladen? Es war im Überschwang des Hochgefühls geschehen, dass mir Haris ihre Liebe gestanden hatte. Beide zeigten mir, wie sehr sie es genossen mitmir zusammen zu sein. Jetzt wäre ich am liebsten mit Haris allein gewesen, aber trotzdem schlich sich immer wieder ein kribbelige Gefühl bei mir ein, wenn ich Sotiria anschaute und sie mich anlächelte. Dem Himmel sei Dank, weil die Zeit so schnell vorbei ging und der Taxifahrer in der Tür erschien. Es wurde jedenfalls ein schöner und fröhlicher Ausklang des Abends. Er holte die Mädchen wie versprochen ab, sehr zum Leidwesen Sotirias, die es einmal wieder versuchen wollte, mir näher zu kommen.

Haris zögerte einen Moment beim Abschied nehme, als ich sie zum Hoteleingang begleitete, entschied sich dann aber nur dazu mir, wie ihre Schester links und rechts auf die Wange ein Küsschen zu hauchen – aber mit dem Mundwinkel traf sie meine Lippen.

Vielleicht eine Woche später, ich weiß es nicht mehr so genau, rief mich Sotiria an, dass ihre Mutter aus dem Krankenhaus entlassen worden war. Wenn ich Zeit hätte, könnte ich sie den nächsten Tag besuchen, Haris käme auch und würde mich auf dem Weg dahin vom Hotel abholen. Schließlich wollten alle wissen, warum ich nach Athen gekommen war und so viel Zeit investierte, in eine Angelegenheit,die ihnen immer noch nicht bekannt war. Haris holte mich dann auch am nächsten Tag im Hotel ab und zusammen fuhren wir zur Wohnung ihrer Mutter.

Wir traten in das Haus ein und gingen in Garten hinter dem Haus, wo Eleni und Sotiria auf uns warteten. Das erste das mir auffiel, war die Ähnlichkeit Elenis mit ihren Töchtern, obgleich sie doch so verschieden auszusehen schienen. Die Ähnlichkeit war jedoch in der Tat verblüffend. Beinahe hätte ich über mein Sinnieren über die Ähnlichkeiten vielleicht wieder vergessen, dass ich ja hier war, um etwas über meinen Vater einerseits, Eleni andererseits und über ihre Beziehung zu einander herauszufinden. Eleni trug die schwarze Tracht, die ältere Frauen und Witwen in Griechenland, wie sie auch ältere Frauen in anderen Ländern rings um das Mittelmeer oft tragen. Es stand ihr sehr gut und die Jahre ihres Alters schienen an ihr vorbei gegangen zu sein.

Wir hatten an einem Gartentisch Platz genommen und saßen nun zu viert im Garten: Eleni, Sotiria, Haris und ich. Ich unterdrückte meine

Versuche, zu oft in Richtung Haris zu schauen, weil ich fürchtete, mich zu verraten.

Eleni bat die Mädchen Kaffee zu machen. Sotiria und Haris gehen aus dem Garten ins Haus, um Kaffee zu bereiten.

Die Töchter waren außer Hörweite, da fragt sie mich ganz direkt in einem leidlich gutem Deutsch, was mein Anliegen und warum ich nach Athen gekommen sei. Ohne Umschweife antwortete ich ihr, was ich von Vater auf dem Sterbebett vage verstanden hatte und dass ich deshalb auf der Suche nach meiner Schwester sei. Eleni blickte einen Augenblick versonnen in den Himmel bevor sie antwortete: „Ihr wart oft in Athen. Alexandre hat es mir berichtet. Euren Vater habe ich jedes Mal getroffen, denn er besuchte mich und rief auch oft an. Ich konnte es ihm einfach nicht abschlagen, denn da war selbst nach dieser langen Zeit immer noch etwas zwischen uns. Dein Vater und ich hatten uns geliebt. Das war keine Liebelei oder ein Abenteuer gewesen. Wir haben so viel mit einander unternommen und hatten soviel gemeinsam. Dein Vater hat sogar recht schnell Griechisch gelernt, wobei ich ihm geholfen habe. Alexandre und Sotiria waren schon da, als dein Vater mit einem der letzten deutschen Flugzeuge, als die Deutschen abzogen, Athen verlassen hatte. Da wusste ich noch nicht, dass ich schon mit Haris schwanger war. Er hätte nicht bleiben können, denn wäre er bei mir geblieben, hätten wir beide Schwierigkeiten bekommen. Ihm nachzureisen in der damaligen Zeit, wie hätte das gehen sollen? Mit drei Kindern ins Blaue hinein in eine mir fremde Welt reisen? Ich wusste ja noch nicht einmal, wo er lebte – und ob er noch lebte. Er konnte lange Zeit mit mit nicht in Kontakt treten. Und dann, als es schließlich möglich war, hatte sich sein Leben geändert und auch meines. Niemand durfte erfahren, dass Haris einen deutschen Vater hatte. Schlimm genug, dass Nachbarn mitbekommen hatten, dass ich eine Affäre mit einem Deutschen hatte, obwohl einige von ihnen davon profitiert hatten.

Und ich hätte euch auch gerne einmal kennengelernt. Aber dazu ist es nie gekommen. War es die Eifersucht meines ehemaligen Ehemannes? Hatte er Angst, dass wir uns noch weiter entfremden könnten oder sollte niemand unser kleines Geheimnis erfahren, das doch für alle so offensichtlich war. Auch er hatte doch davon gewusst und hat darüber hinweg geschaut, weil er selber eine zunächst heftige und dann langjährige Affäre hatte, die später nach unserer Trennung zu einer Ehe führte. Es mag sein, ich tue ihm Unrecht und vielleicht wollte er uns und unsere Töchter nur beschützen. Ich weiß es wirklich nicht ..., ich, ich ...!"

Hier unterbrach sich Eleni von plötzlichem, heftigem Weinen und Schluchzen geschüttelt, Doch sie fing sich wieder und fuhr dann fort: „Ich weiß es wirklich nicht, denn alles ist so lange her. Die ganzen vielen Jahre habe ich nicht darüber nachgedacht, aber was soll das auch noch für einen Sinn haben. Es bringt die alten, manchmal schmerzlichen Gefühle wieder in mir hoch. −Jetzt kommst du und bringst alles wieder ins Bewusstsein. Die ganzen Erinnerungen an damals kommen wieder, obwohl es so lange her ist, und glaube mir, das sind nicht alles nur schöne Erinnerung."

Sie brach wieder in Tränen aus und schlug die Hände vor ihr Gesicht. In diesem Moment tat es mir unendlich leid, der Auslöser für ihre Verzweiflung zu sein, obgleich ich nicht der Grund war.

Ich konnte verstehen, dass Eleni mir heftige Vorhaltungen machte: „Du hast kein Recht meine Töchter unglücklich zu machen, indem du in der Vergangenheit wühlst. Es reicht, dass dein Vater, obwohl ich in liebte und ich glaube auch er mich, am Ende Unglück über uns gebracht hat. Es ist an der Zeit, auch meinen Töchtern die ganze Wahrheit über ihre Herkunft zu erzählen, so bitter es auch sein mag!"

Die Schwestern kamen mit Kaffee und Tassen zurück. Sie konnten die Niedergeschlagenheit ihrer Mutter und meine Bestürzung nicht übersehen; sie sagten jedoch nichts, schauten nur zwischen ihrer Mutter und mir hin und her.

Eleni fordert mich auf, den Mädchen jetzt endlich zu erklären, warum ich eigentlich nach Athen gekommen wäre, nämlich meine Halbschwester zu finden.

Bevor ich sprechen konnte, unterbrach mich Eleni und beichtete ihren Töchtern, dass sie mir etwas gesagt habe, das sie ihnen immer vorenthalten habe und auch nie beabsichtigt hatte, es ihnen zu sagen. Nun jedoch sei sie aber durch meine Anwesenheit gezwungen, ihnen mitzuteilen, dass eine von ihnen einen deutschen Vater habe. Ein neuer Weinkrampf schüttelte sie und sie konnte nicht weitersprechen.

„Wer von uns?", riefen die Töchter wie aus einem Mund.

„Mein geliebtes Kind Chariklia! Du hast einen deutschen Halbbruder, Haris, und er sitzt hier bei uns."

Ich spürte, dass mich Haris ansah und, und im Augenwinkel erkannte ich, wie ihre Augen sich mit Tränen füllten und ihre Wangen herabliefen. Sie schüttelt ihren Kopf in der griechischen Art und Weise, die ´Nein´ bedeutet, dabei formt ihr Mund mehrmals das Wort ‚ochi'. Dann las ich ihren Lippen ab, wie sie tonlos in meine Richtung sagte: „Das ist nicht wahr, das ist nicht wahr", und sie schlug die Hände vor ich Gesicht.

Ich stand auf und sagte, es sei wohl besser, wenn ich ginge. So durcheinander war ich schon lange nicht mehr. Der blöde Satz ‚wie gewonnen, so zerronnen' ging mir durch den Kopf. Wie soll ich nach dieser Eröffnung weiterleben?

Ich verließ fluchtartig den Garten, ohne Abschied zu nehmen. Abschied nehmen, Hände schütteln …. das könnte ich jetzt beim besten Willen nicht. Nur Elenis Ruf: „Mache meine Töchter nicht auch noch unglücklich!", hörte ich noch. Warum mein Vater Eleni unglücklich gemacht hatte und warum er immer noch mit ihrem Mann die ganzen Jahre befreundet war, interessierte mich nicht mehr. Auch weshalb Eleni ihn, wenn er nach Athen kam, immer wieder empfangen hatte, war belanglos geworden, obwohl es irgendwie ja auch ein Verrat an meiner Mutter gewesen war. Ich stand auf der Straße vor dem Haus und wusste absolut nicht, was ich tun sollte.
Sotiria kam aus dem Haus und teilte mir mit, sie habe ein Taxi gerufen, dass mich zum Hotel bringen würde. "Wenn heute nicht gewesen

wäre, hätte alles gut werden können, aber jetzt gibt es erst einmal viel nachzudenken. Es ist gut, wenn du uns eine Weile in Ruhe lässt!" sagte sie, drehte sich um und verschwand wieder im Haus.

Nach einem Tag des Nachdenkens stand mein Entschluss fest, ich musste Haris wenigstens noch einmal sehen …

Wir saßen in einem Garten in der Nähe ihrer Wohnung auf einer Bank. Wir hatten nicht gewusst, wo wir uns das letzte Mal treffen sollten. Es ist unser letzter gemeinsamer Abend und wir mussten uns von einander verabschieden. Aber es schien, dass keiner von uns beiden einen Ton herauszubringen vermochte; mir jedenfalls schnürte es den Hals zu, und ich fühlte mein Herz bis in den Hals pochen.

Dann wehte zunächst leise Musik zu uns herüber, und wir hörten die ersten Klänge von Kaimos, zugegebenermaßen nicht besonders gut gesungen, aber zum Weinen schön. Ich persönlich empfinde es als eines der emotionalsten Musikstücke Theodorakis, auch wenn man kein Wort des Textes versteht. Mir fielen, als wir es hörten, unwillkürlich einige Zeilen der ersten Strophe, der Vicky Leandros Adaption, ein, die auf unsere Situation zugeschnitten zu sein schien. Ich hatte den Text dieser Version immer für kitschg gehalten. Nie hätte ich vermutet, dass ich sie irgendwann für eine Situation in meinem Leben als passend erachten könnte:

„…Es war ein Zufall, dass wir uns trafen.

Nun sieht mein Leben ganz anders aus.

Ich hab' die Liebe gesehen

beim ersten Blick in deine Augen.
Auf einmal fing die Welt an, sich zu drehen.

Wir schauten uns nur an, und das Glück begann."

Wir hielten uns eng umschlungen, Haris Kopf an meiner Schulter, ihr Haar strich an meiner Wange. Dann hauchte sie mir ins Ohr „το αγαπημένη μου" (mein Liebling), und dann sang sie plötzlich ganz leise mit. Sie hob sacht ihren Kopf und ihre Wange strich sanft über meine. Sie sang, vielmehr flüsterte sie und dann spürte ich ihre Tränen feucht an meinem Gesicht.

> *„Iné mégàlo*
> *o yalos*
> *iné makri*
> *to kima*
> *iné mégàlo*
> *o kaimos ....*
> *ki íne pikró to kríma"*

Sie sang weiter bis zur dritten Strophe:

> *„ Du weißt nicht was Eiseskälte ist,*
> *Abende ohne Monde,*
> *nicht einen Moment etwas wiederzusehen.*
> *Der Schmerz wird dich holen".*

Haris flüsterte mir ins Ohr: „φιλί μου, φιλί μου! Τῶρα! Küss mich, küss mich! Jetzt!" Ich hatte das Griechische nicht verstehen können, wohl aber den Schmerz und das Flehen in ihrer Stimme. Sie neigte sich mir zu und legte mit einer sachten Bewegung ihre warme Hand an meine Wange, dann zog sie mein Gesicht leicht zu sich hin. Ich sah in diese wunderschönen Augen, die sonst so strahlten, aber nun leicht verschwommen waren. – Ich kann nicht sagen, was mich so bewegte, das Gefühl, das ich für Haris empfand, ihre Gesten, ihre Nähe.

Ich musste an mich halten, um nicht los zu weinen –

Ein leiser Aufschrei hatte ihre gehauchten Worte begleitet. Ich zog sie an mich und warf mich in ihre Arme, alle Überlegungen und Vorsicht vergessend; und die Umgebung verschwamm vor meinen Augen, ich war allein mit Haris. Ich spürte ihre Wärme und es war so, als ob ich zum ersten Mal eine Frau in den Armen hielt. Vielleicht weil wir beide wußten, dass wir wohl keine gemeinsame Zukunft als Paar haben würden und vor allen Dingen nicht dürften, empfanden wir die gleichen Schmerzen. Schmerzen, wie man sie nach einem herben Verlust empfindet.

Haris sagte schließlich, ich müsste gehen, da ich noch eine lange Reise vor mir hätte, und ich morgen früh aufstehen müsste, um zum Flughafen zu fahren. Sie käme nicht mit, um mich zu verabschieden, weil es ihr das Herz breche, zu sehen, wie ich sie verlasse und abreiste. Sie habe Sotiria gebeten, mich sicher zum Flughafen zu geleiten. Dies sagte sie alles leicht von mir abgewendet, wohl damit ich ihren Schmerz nicht sehen sollte. Sie stand auf und bat mich zu gehen. Ich stand auch auf und wollte sie noch einmal zum Abschied in den Arm nehmen, aber sie machte schnell einige Schritte von mir fort, winkte noch ein letztes Mal mit erhobenen Arm, ohne sich umzudrehen und entfernte sich nun schnellen Schrittes von mir.

Ich verbrachte die halbe Nacht draußen auf einer Parkbank, nicht unweit vom Syntagma Platz, nachdem mich Haris verlassen oder besser zurück gelassen hatte, bevor ich schließlich zum Hotel zurückkehrte. Ich konnte mir nicht vorstellen, dass es ihr besser ginge als mir. Was sollte ich denken, glauben? Was wird werden ohne Haris? Ist das die Liebe, die man nur einmal im Leben findet? Was soll ich in Zukunft anfangen mit mir, mit den Gedanken an eine unerfüllte Sehnsucht nach diesem lieben Menschen? Die Einsamkeit hüllte mich jetzt schon derart ein, sodass mich innerlich fror.

Am nächsten Morgen stand Sotiria in der Hotelhalle und wartete, dass ich an der Rezeption auscheckte. Sotiria kam auf mich zu und erklärte mir, Haris hätte sie gebeten, mich zum Flughafen zu bringen und sie täte es auchauch, um sich selber zu verabschieden. Sie hatte sich wieder das Auto geliehen, mit dem wir nach Porto Rafti gefahren waren. Es sei so merkwürdig gewesen, dass Haris mich nicht zum Flughafen hatte bringen wollen. Und sie fragte mich, ob wir uns vielleicht gestritten hätten, weil Haris so seltsam und fast brüsk reagierte, als sie sie fragte, warum sie mich nicht verabschieden wollte. Sotiria sah mich fragend an, und mir war klar sie erwartete eine Antwort.

Wir standen noch in der Hotelhalle und ich versicherte ihr, wir hätten uns nicht gestritten. Auch glaubte ich zu wissen, warum Haris nicht zum Abschied gekommen war. Ich erklärte ihr aber auch, die Hotelhalle wäre nicht der richtige Ort, um ihr zu erzählen, warum meiner Meinung nach Haris nicht gekommen war. Wir verließen das Hotel und gingen mit meinem Gepäck zu dem, natürlich wieder im Halteverbot stehenden, Auto.

Aber am Ende, wir sitzen im Auto und sie fährt los zum Flughafen. Ich wollte es ihr weder im Hotel noch auf der Straße sagen, jetzt aber gestehe ich ihr: „Ich liebe Haris. Ja liebe sie und sie liebt mich!"

„Mein Gott, du weinst? Du weinst ja! Warum weinst du, was ist denn mit dir?" will Sotiria wissen.

„Ich liebe sie."

„Das hast du schon einmal gesagt. Aber das ist doch kein Grund zum Weinen, sondern zur Freude."

„Du weißt sehr gut, dass ich sie nicht lieben darf. Dich dürfte ich lieben."

„Bis jetzt dachte ich eigentlich, du liebtest uns beide. Erst recht besonders jetzt Haris, weil sie deine Schwester ist und ich ihre Schwester".

„Sotiria, spiel nicht mit mir. Die Sache ist zu ernst! Oder machst du dich über mich lustig?"

„Du meinst doch nicht etwa, dass du sie mehr liebst, als wie man *jemanden richtig lieb* zu haben? Also liebst du sie richtig?"

„Ich liebe sie und habe ein Verlangen nach ihr, das wehtut."

„Das kann nicht dein Ernst sein. Das ist gegen die Natur. Du weißt, was das wäre, wenn du, wenn ihr euch dem hingeben hättet? Das wäre Inzest gewesen!"

„Ich liebe sie mit jeder Faser meines Herzens und wir haben uns nichts vorzuwerfen. Nichts ist passiert, dessen wir uns schämen müssten", erklärte ich Sotiria. „Aber ich denke immer an sie, was auch sei! Es zieht mir die Brust zusammen, wenn ich ihren Namen höre und wenn sie da ist, möchte ich sie ständig ansehen und möchte sie berühren. Die ersten Male als sie mit mir sprach und mich etwas fragte, brachte ich vor Aufregung kaum ein Wort heraus. Glaube mir, das war eine absolut neue Erfahrung für mich. Im ersten Augenblick als ich sie sah, wie sie im Hospital aus der Tür kam, habe ich schon begonnen mich in sie zu verlieben, und ich hatte doch überhaupt keine Ahnung, wer sie war. Natürlich habe ich gedacht, dass es eine Liebelei wäre, die vorüberginge, da die Wahrscheinlichkeit, jemals zu erfahren, wer die Schöne sei, zu dem Zeitpunkt äußerst gering war. Dann hast du sie mir als deine Schwester vorgestellt ….und ich war mir nicht sicher, wer von euch beiden meine Schwester sein könnte. Das war der Grund, warum ich dir nicht und auch Haris nicht näher kommen wollte und ja auch nicht durfte."

„Aber als ich dir die Türe öffnete und vor dir standest, hast du mich angeschaut, als wolltest du mich mit deinen Augen auffressen. Sagt man das so?", fragte Sotiria und fuhr dann fort. „Vielleicht bin ich ein wenig zu harsch mit meiner Reaktion gewesen. Wer von uns ist denn normalerweise mit solch einer Situation persönlich konfrontiert? Weißt du, wenn ich über die ganze Geschichte nachdenke, solltest du dir darüber im Klaren sein, dass wir weniger in rechtlichen Kategorien denken, die klar in einigen Ländern Inzest bestrafen, andere wie Frankreich nicht, wir es mit moralischen Vorbehalten zu tun haben. Es ist heute aber nicht mehr eine Frage der Moral, geschweige denn der Ethik, wenn wir ein enges sexuelles Verhältnis mit einem oder einer Verwandten ersten Grades haben. Die Inzestbarriere war in Zeiten der Rückgezogenheit auf Familie, Dorf und Stamm und so weiter etwas, um Exogamie zu garantieren und damit für genetischen Austausch zu sorgen. Letztendlich ist der genetische Austausch und der Genfluss zwischen den Menschen ein Motor der Entwicklung."

„Puhh, das ist ja beeindruckend!" fand ich erstaunt und sagte es ihr auch. Hatte ich sie doch bis jetzt immer für ein wenig oberflächlich gehalten.

„Habe ich dich denn wirklich so beeindruckt? Schade es kommt etwas zu spät! Ich hatte gehofft dich weniger mit meinem Intellekt zu beeindrucken, als mit etwas anderem! Nein, im Ernst, ich habe mich während meines Soziologiestudiums natürlich auch mit diesen Themen befasst. Du glaubst nicht, wie häufig es zu Inzest zwischen engen Verwandten kommt, dozierte sie.

Und nach kurzem Innehalten sprach sie weiter: „Und das in der Vergangenheit, was uns irgendwie verbindet, nennt man das Schicksal? Ist das ein Fluch? Ich glaube nicht an so etwas! Es ist passiert und das ist für uns alle schlimm genug. „Ich hatte dich gewollt, wie mir zu spät klar wurde. Zunächst warst du mir nur sympathisch, Gerd, vielleicht ein Abenteuer wert. Aber ich fürchte, es war mehr. Du hast mich gemocht und ich dich. Ich spürte es von Anfang an, als du vor mir an der Tür gestanden hast, aber dann, als wir uns näher kommen sollten, ja wollten, hast du mich zurückgewiesen!"

Ich wollte etwas darauf entgegnen, aber sie machte mit einer Handbewegung klar, dass sie darauf keine Antwort wollte. Aber ich musste es einfach für sie klarstellen: „Roúla, ich dachte doch, *du* wärest meine Schwester. Hätte ich das in dieser einen Nacht, die wir zusammen lagen, vergessen können, hätten wir uns geliebt und alles wäre sicherlich anders mit uns ausgegangen."

„ Nein, diese eine Nacht mit mir hätte keinen Unterschied ausgemacht. Wenn dieser Sturm auf der Fahrt nach Andros nicht gewesen wäre, hätte unser Schicksal anders ausgesehen. Ich glaube zu wissen, wir wären heute nicht hier am Flughafen, um so wie jetzt Abschied zu nehmen. Die Frage ist doch, was hätte sein können?

Es ist nun nur nicht so gekommen, wie ich es gewollt und ganz zum Schluss vorgehabt hatte. Aber da war es wohl schon zu spät. Ich wäre gerne die Frau in deinem Leben und an deiner Seite geworden, Wir wären ein gutes Paar geworden und wir hätten uns ergänzt, so wie es sein sollte, ohne dem anderen die Luft zum Atem zu nehmen. Sag jetzt bitte nichts! Es machte alles für mich nur noch schlimmer. Ich möchte dich so in Erinnerung behalten, wie ich dich hier zum letzten Male sehe!

Erinnerst du dich wie wir zum Hafen gefahren sind, um auf das Schiff zu gehen? Nicht weit davon ist Kap Sounion. Der Sonnenuntergang auf Sounion ist an Schönheit kaum zu überbieten, weil man auch sieht, wie die Sonne am Ende Europas im Meer versinkt. Aber eines ist gewiss, sie wird immer wiederkommen und aufgehen und ein neuer Tag bricht an.

Mit dir ist das anders. Du wirst heute aus unserem Leben verschwinden, morgen nicht mehr da sein und wohl auch nicht wiederkommen! Ich bedaure uns und dich, weil ich weiß, was unerfüllte Liebe ist.“

„Wir sind da", sagte sie, „steig bitte schnell aus und nimm das Gepäck aus dem Kofferraum. Ich habe nicht vor zu weinen.“ Sie beugte sich zu mir und gab mir einen Kuss auf die Wange und wendete sich von mir ab.

Ich stieg aus und tat, wie mir geheißen. Dann verschwand ich im Flughafenterminal, ohne mich noch einmal umzudrehen. Auch mir fiel, wie man sich sicherlich denken kann, aus mehreren Gründen der Abschied schwer. Als die hübsche Angestellte beim Einchecken am Schalter mich anlächelte und gute Reise wünschte, fragte ich mich, ob es wirklich eine eine gute Reise gewesen war. Und noch ein Gedanke ging mir durch den Kopf, hatte ich vielleicht auch für Sotiria mehr als nur Sympathie empfunden und meine Gefühle für sie unterdrückt? Wäre ich jetzt glücklicher mit ihr? Wie es gekommen war, hatte ich gar nichts mehr!

*

Ich war jetzt schon einige Wochen zuhause, und ständig musste ich doch an Haris denken und sah ihr Bild vor meinen geistigen Augen. Aber auch Sotirias Bild spuckte immer wieder durch meinen Kopf. Spät abends war an Einschlafen nicht zu denken, auch wenn ich Bücher und Magazine laß, bis ich dachte ich wäre müde. Ich quälte mich durch die Nacht und wachte stündlich mit den gleichen Gedanken und Bildern im Kopf auf, die mich dann für Stunden nicht mehr losließen. Wie in einem Endlostonband liefen Gesprächsfetzen und Bilder durch mein Gedächtnis. Manches Mal waren es schöne Gedanken und Erinnerungsbruchstücke und dann wieder betörende Bilder des geliebten Menschen, aber auch die Erinnerungen an und mit Roúla verfolgten mich.

Dann eines Abend, es ging schon auf 22 Uhr zu und ich hatte weder Lust darauf fernzusehen noch zu lesen, beschloss ich, meine alte Stammkneipe einmal wieder zu besuchen. Schon vor meiner Reise und danach war ich eine lange Zeit nicht mehr dort gewesen, weil mir auch nicht danach war, in Gesellschaft zu sein. Es war ein kurzer Weg und als ich in das Gasthaus „Zum Bärentöter" eintrat und zum Tresen ging, wurde ich von Bernd, dem Wirt, mit einem fröhlichen: „Hallo wer kommt denn da? Lange nicht gesehen Gerd, sei begrüßt!", empfangen.

Ich meinerseits grüßte zurück und während ich mich im Lokal noch umschaute, sagte ich zum Wirt einfach nur „wie immer".

„Na ja, das Trinken hast wohl nicht verlernt in der Fremde", meinte er und begann mir ein Bier anzuzapfen. Dann griff er hinter sich und holte aus dem Regal mit den verschiedensten Spirituosen eine Flasche alten Rum hervor. Während der Schaum auf dem Bier sich setzte, goss er uns beiden je ein kleines Glas mit Rum ein: „Geht aufs Haus wegen der Wiedersehensfreude. Zum Wohle!", sprach's und kippte den Schnaps in einem Zuge herunter. Ich tat es ihm gleich. „Wie geht es dir Gerd, wie war es in Griechenland?", fragte mein Freund der Wirt.

„Es sind zwei Fragen, Bernd, zwei: „Wie es war, und wie es mir geht! Es war toll und am Ende grauenhaft. Ich habe zwei wunderbare junge Frauen, Schwestern, kennen gelernt, die mich wohl auch sehr sympathisch fanden. In die eine habe ich mich sofort verliebt, als ich sie zufällig das erste Mal sah, ohne zu wissen wer sie war und wie ich sie finden könnte. Durch Zufall sind wir uns wieder begegnet. Die andere, ich wusste nicht, dass es die Schwester der jungen Frau war, in die ich mich verguckt hatte, hatte sich in mich verliebt. Sie hat keine Anstrengung und Versuche ausgelassen, um mir näher zu kommen. Ja, das Ende, Bernd, das Ende ist für mich eine Katastrophe, weil ich mit dem Mädchen, das ich liebe, nicht zusammen kommen kann. Außerdem fürchte ich, ein wenig polygam zu sein!"

„Um Gottes Willen Gerd, was hast du denn angestellt, dass du eine im Grunde genommen tolle und beneidenswerte Situation so enden lassen musstest. Hast du Mist gebaut?"

„Nein, habe ich eigentlich nicht Bernd. Es war auch überhaupt nur eine kurze aber wunderbare Zeit. Eigentlich möchte ich auch nicht darüber sprechen, weil ich darüber hinweg kommen muss. Vielleicht erzähl ich dir die ganze Geschichte später einmal. Gieße uns noch einen ein! Der geht auf mich."

Bernd nickte und machte sich daran, noch zwei Schnäpse einzuschenken und mir noch ein Bier anzuzapfen, da ich meines zügig geleert hatte. Ich schaute mich nochmals um. Es waren um diese Uhrzeit nicht mehr viele Leute im Lokal. Einige von ihnen waren in Gespräche vertieft, nur hinten an der Rückwand neben der Tür zur Küche, saß eine junge Frau von vielleicht 30 Jahren. Ihr blondes, glattes Haar hatte sie hinter dem Kopf, den sie leicht geneigt hatte, zu einem „Pferdeschwanz" zusammen gebunden. Eine modische teilweise randlose Brille zierte ihr recht hübsches Gesicht. Etwas nach vorne über den Tisch gebeugt, schien es so, als ob sie das Glas, das vor ihr auf dem Tisch stand, umklammerte. Neben sich halb unter dem Tisch stand eine beige Lufthansareisetasche aus Leinen.

Ich erkannte den Typ Tasche, weil ich selber so eine habe. Zum Wirt gewandt, stellte ich fest, dass sie wie ein Häufchen Elend aussah und ich fragte ihn, ob er sie kenne. Er verneinte es, indem er mit dem Kopf schüttelte: „Nein absolut nicht!" Dann erzählte er mir, sie sei schon am Nachmittag gekommen und habe um ein Glas Wasser gebeten. Sie habe sich bedankt und dort hinten an der Wand Platz genommen. Er hatte noch einmal gefragt, ob sie noch etwas wünschte. Sie hatte nur den Kopf geschüttelt. Dann hatte er sich erkundigt, ob es ihr gut ginge. Als Antwort bekam er ein Nicken und als er sich schon zum Gehen wandte, sagte sie mit einer leisen Stimme, die kaum zu verstehen war, sie möchte gerne noch eine Weile da so sitzen bleiben, wenn es ihm nichts ausmachte. Er habe mehrfach, wenn er in die Küche an ihr vorbei gegangen war, gefragt ob alles in Ordnung sei, und stets sei die Antwort immer nur ein leises bejahendes „Danke" gewesen.

Bernd nickte in ihre Richtung und erzählte mir weiter, er hätte es aufgegeben, weiter nach zu forschen, wegen seiner könnte sie dort sitzen bleiben bis er den Laden zu machte. Ich fragte ihn, ob er etwas dagegen hätte, wenn ich einen Versuch machte, heraus zu bekommen, was mit ihr los war.

„Meinetwegen", entgegnete er und lachte kurz auf, „vielleicht könnten wir so vermeiden, dass ich nachher beim Aufstuhlen und Abschließen unhöflich werden muss!"

Ich drehte mich um und ging zu der jungen Frau an den Tisch. Ich stellte mich vor: „ Mein Name ist Gerd Albrecht und ich bin ein guter Freund von Bernd, unserem Wirt. Darf ich mich zu ihnen setzen?"

Sie hob ihren Kopf und ich sah in wunderschöne strahlend blaue Augen, allerdings mit einem leichten Stich in Grüne, was aber ihrer Wirkung ganz und gar nicht abträglich war.

„Habe ich etwas falsch gemacht. Muss ich gehen?", fragte sie.

„Nein, sie haben nichts falsch gemacht", erwiderte ich, „und sie müssen auch nicht gehen. Jetzt jedenfalls noch nicht, wohl aber wenn der Wirt in etwa zwei Stunden das Lokal schließt. Sagen Sie mir wie Sie heißen und warum Sie hier alleine sitzen?"

„Nun, es kann nicht schaden", meinte sie. „Ich heiß Helen und ich sitze hier, weil mein Vermieter mich rausgeschmissen hat, indem er das Schloss ausgewechselt und diese Reisetasche mit einigen meiner persönlichen Sachen vor die Türe gestellt hat."

„Warum hat er Sie denn rausgeworfen? Haben Sie die Wohnung angezündet oder ihre Miete nicht bezahlt?" wollte ich wissen.

Sie lächelte zum ersten Mal, und da war etwas, das mich an Haris erinnerte. Aber bevor ich dem Gedanken nachhängen konnte, um heraus zu finden, was es war, erwiderte sie, sie hätte mitnichten die Wohnung angezündet, solche Dummheiten machte sie nicht. Der Grund für das sich verschlechterte Verhältnis zu ihrem Vermieter war schlicht und einfach, dass sie nach mehreren Monaten die Miete nicht hätte mehr bezahlen können. Der Vermieter habe die Geduld verloren und war nicht mehr bereit gewesen, ihr die Miete zu stunden.

„Ich habe keine Ahnung, warum ich Ihnen das erzähle, ich kenne Sie doch gar nicht", sagte sie, „Sie kommen hier an meinen Tisch und fragen mich aus."

„Na ja, ganz so ist es nicht", erwiderte ich, „aber darum geht es doch jetzt nicht mehr. Hören Sie mir zu. Ich will nichts von Ihnen! Bernd ist mein Zeuge, dass ich nicht der Typ bin, der ihm unbekannte hübsche Frauen anmacht."

„Wer ist Bernd?", fragte sie und schaute mich voll an.

„Mein Gott, ist die schön", dachte ich in dem Augenblick, „und sie sieht so verletzlich aus."

„Bernd ist der Wirt dort hinter dem Tresen, und wir kennen uns seit Jahren und er kann ihnen bestätigen, dass ich keine unlauteren Absichten habe. Bevor ich zu ihnen an den Tisch ging, versicherte ich ihm, dass ich nur mit Ihnen spräche, um heraus zu finden, ob mit Ihnen alles in Ordnung ist. Nun, das scheint mir also nicht der Fall zu sein. Sie sind abgebrannt, wie man so schön sagt. Ehe ich versuche zu verstehen, warum Sie hier sitzen und sich seit Stunden an einem Glas Wasser festhalten, frage ich Sie jetzt ohne Bedingungen und Hintergedanken, möchten Sie etwas trinken und essen?"

„Was haben Sie davon, einer ihnen fremden Frau, etwas zu essen und trinken anzubieten?" fragte sie.

„Ich habe nichts davon und will auch nichts dafür, aber es tut mir Leid, mit ansehen zu müssen, dass es Ihnen nicht gut geht. Also, was möchten Sie trinken? Wegen des Essens muss ich Bernd fragen, was noch machbar ist."

Sie überlegte einen Moment und sah mich prüfend an.

„Kann ich eine heiße Schokolade haben? Zu Essen nehme ich ein Butterbrot oder was zu haben ist", sagte sie schließlich.

„Alles klar, ich frage nach", antwortete ich, stand auf und ging zu Bernd am Tresen zurück.

„Was ist los mit ihr?", fragte Bernd.

„Abgebrannt, hat Durst und Hunger", erwidert ich leise und fragte Bernd, ob sie eine heiße Schokolade und etwas zu essen bekommen könnte. „Das kannst du dann auf meinen Deckel schreiben.

„Muß dich ja schwer beeindruckt haben", meinte der Wirt augenzwinckernd. „Ich schau mal in der Küche nach, was wir haben und machen können. OK?"

„Ja mach mal, bitte. Danke, ist wirklich nett von dir!"

Der Wirt ging nach hinten zur Küche an der jungen Frau vorbei, lächelte ihr zu, nickte in ihre Richtung und verschwand in der Küche. Ein paar Minuten später erschien er wieder mit einer Tasse, die wohl die Schokolade enthielt und einem großen Teller mit Scheiben von Salami, Frischwurst, Käse, soweit ich erkennen konnte, ein Stück Butter, einer halben Tomate und aufgeschnittene Gewürzgurke. Auf dem Ellbogen balancierte er einen Brotkorb. Er stellte alles vor sie hin, nickte ihr zu und wünschte guten Appetit. Dann kam er zurück zu mir an den Tresen.

„Komm wir nehmen noch einen", sagte ich, „und der geht auch auf meinen Deckel, Bernd!"

„Lass man gut sein, Gerd. Macht mir wirklich Freude, mal wieder eine gute Tat zu vollbringen. Die Kurzen und das Bier zahlst du natürlich!", gluckste er, „wir wollen es ja mit den Wohltaten nicht übertreiben!"

Zufrieden und lachend stießen wir mit unseren Gläsern mit den Schnäpsen an, die der Wirt nachgefüllt hatte. Wir schauten beide in Richtung der jungen Frau und sahen mit Befriedigung, dass sie herzhaft in die Butterbrote biss, die sie sich gemacht hatte.

Der Wirt und ich unterhielten uns noch ein wenig. Ich erklärte ihm, was sie mir über ihre Probleme mitgeteilt hatte. Auch sprachen wir über meinen Griechenlandurlaub, wie er es nannte, ohne dass wir auf die Gründe eingingen, die mich veranlasst hatten, meinen Aufenthalt in Athen eine Katastrophe zu nennen. Endlich war es Zeit für mich heimzugehen, ich reichte Bernd meinen Deckel, auf dem meine Getränke notiert waren. Er rechnete nach, nannte mir den zu zahlenden Betrag, den ich sogleich beglich. Nach dem ich Wechselgeld eingesteckt und mich vom Wirt verabschiedet hatte, wollte ich das Lokal verlassen, sah jedoch aus den Augenwinkeln, dass Helen, wie sie hieß, aufgestanden war und mit ihrem Reisegepäck zum Tresen kam. Sie sprach mehr mit Bernd als zu mir, aber sie fragte, ob wir wüssten wo sie die Nacht bleiben könnte.

Der Wirt schüttelte den Kopf und meinte nur, dass er beim besten Willen keine Ahnung hatte, wo sie ohne Bezahlung für die Übernachtung unterkommen könnte.

Sie senkte den Kopf und plötzlich schluchzte sie leise: „Was fang ich nur an? Wie konnte das nur mit mir geschehen?"

Einem Impuls heraus,folgend den ich im Nachhinein nicht mehr erklären konnte, sagte ich ihr, sie könnte mit zu mir kommen. „Ich habe ein Gästezimmer, wo sie die Nacht bleiben könnten und morgen denken wir darüber nach, was weiter wird. In Ordnung?"

Der Wirt stand da, polierte einige Gläser, hielt sie prüfend vor das Lampenlicht und schaute sie dann ernst an, als er in seiner ruhigen Art sagte: „Sie können ruhig und unbesorgt mit Gerd gehen. Er meint es doch nur gut mit ihnen und wird sie nicht belästigen – dafür lege ich meine Hand ins Feuer!"

Sie schaute mich fragend an und meinte dann achselzuckend: „Da Sie so einen guten Fürsprecher haben, müssen Sie wohl vertrauenswürdig sein, also nehme ich ihr Angebot für heute Nacht dankend an."

Nochmals verabschiedete ich mich vom Wirt und forderte die junge Frau auf, mir zu folgen.

Sie hatte sich geweigert, als ich ihr anbot, die Reisetasche zu tragen. Als wir nach kurzem Fußmarsch bei mir zuhause ankamen und in der Wohnung waren, zeigte ich ihr zunächst das Gästezimmer.

„Hier können sie ihre Sachen unterbringen und dort ist ihr Bett zum Schlafen. Es ist frisch bezogen. Jetzt zeige ich ihnen das Gäste-Badezimmer", und als wir zur Türe hinausgingen, zeigte ich auf den

Schlüssel, der im Schloss innen steckte, und erklärte ihr, dass sie nachts absperren könnte. Im Bad wies ich auf die Handtücher im Badschrank und erklärte, sie sollte sich einfach nehmen, was sie brauchte; Zahnpaste, eine frische Zahnbürste und Duschgel sei auch vorhanden.

„So", sagte ich, „ und ich werde mich jetzt in dem anderen Bad fertig machen und anschließend in der Wohnstube noch etwas trinken, bevor ich zu Bette gehe. Wenn Sie wollen, können Sie mir vielleicht noch ein wenig Gesellschaft leisten, bevor Sie die nötige Bettschwere haben." Ich machte mich auf sie zu verlassen, als ich sah, dass sie dort im Flur wie angewurzelt stehen geblieben war.

„Es ist mir peinlich", meinte sie, als ich sie fragend ansah, „aber ich habe keine Nachtwäsche dabei. Könnten Sie mir mit einem T–Shirt oder etwas ähnlichem aushelfen?"

„Warten Sie, ich bringe ihnen etwas", erwiderte ich, verschwand in meiner Schlafstube und holte aus dem Wandschrank ein weißes T-Shirt und einen Boxer Short. Ich ging zu ihr zurück, gab ihr beide Kleidungstücke und erklärte ihr, dass im Bad im Wandschrank Sicherheitsnadeln seien, mit deren Hilfe sie das Gummiband in den Shorts auf die richtige Größe einstellen könnte, damit die Shorts nicht herunterrutschen würde. Ich versuchte noch einen dummen Witz zu machen, um sie ein wenig aufzuheitern, indem ich sagte, ich sähe es von mir aus nicht als das Schlimmste an, wenn die Hose rutscht. Das kam nicht gut an! Sie errötete und verschwand rasch im Bad.

Ich rief ihr noch hinterher, dass sie meinen Bademantel benutzen könnte, wenn sie mir noch anschließend Gesellschaft leisten wollte. Aber sie antwortet mir nicht mehr.

Ich hatte ihr noch sagen wollen, dass sie sich Getränke im Kühlschrank befanden, falls sie des Nachts Durst bekäme. Ich ging in die Küche und holte mir noch ein Bier aus dem Kühlschrank, aber eigentlich hatte ich genug getrunken. Es war mehr eine alte Angewohnheit, als dass ich wirklich noch Lust gehabt hätte, zu so später Stunde noch ein Bier zu trinken. Also legte ich die Flasche Bier zurück in den Kühlschrank und machte mich auf, durch den Flur in mein Schlafzimmer zu gehen.

Ich schloss die Türe ab, denn ich hatte Portemonnaie und Papiere in der Jackentasche. Bis ich Helen näher kannte und vertrauen konnte, wollte ich keine unbedachten Risiken eingehen. Im Bad, das an mein Schlafzimmer grenzte machte ich mich für die Nacht fertig und ging dann zügig zu Bett. Mit dem Gedanken ein kompletter Idiot zu sein, der eine attraktive, junge Frau zu sich in die Wohnung zur Übernachtung einlud, obwohl sie wildfremd war und ich eigentlich nichts über sie wusste, schlief ich am Ende ein.

Am nächsten Morgen wachte ich auf, weil es an der Schlafzimmertüre klopfte. Noch schlaftrunken rief ich ‚herein‘, als es erneut klopfte. Letztlich stieg ich aus dem Bett und ging in Richtung der Tür.
„Wer ist denn da?“ fragte ich.

„Helen!“, kam die Antwort.

„Ach ja, richtig", ich hatte ja einen Gast, erinnerte ich mich, und dass ich die Tür verschlossen hatte.

„Was gibt's?", fragte ich und schloss die Tür auf.

Da stand Helen mit einem Tablett auf dem eine Tasse stand, die einen herrlichen Duft nach Kaffee verströmte. Ich nahm die Tasse und machte mich wieder auf in Richtung meines Bettes. Dass ich hier im Schlafanzug herumlief, fiel mir nicht ein und störte sie wohl auch nicht. Helen war allerdings fertig angezogen und meinte nur noch, ich hätte wohl verschlafen, da es schon zehn Uhr war.

„Mein Gott!", entfuhr es mir. „Ich habe tatsächlich verschlafen. Ich werde gleich im Büro anrufen, mir eine schöne Ausrede ausdenken und den Tag frei nehmen."

„Können Sie das so ohne Weiteres?", fragte sie.

„Ich denke, ich kann mir das erlauben, da ich so zu sagen, dort ‚das Sagen' habe", erklärte ich ihr und schlug ihr dann vor, zu frühstücken und ein wenig zusammen an die Luft zu gehen. Aber erst müsste ich mir etwas anziehen.

Sie schaute mich lange an und gab zu bedenken, das Essen, das schon in der Küche auf dem Tisch stünde, würde kalt werden. Ich sollte mir also nicht sehr viel Zeit lassen. Sie befürchtet außerdem, ich könnte sauer sein, weil sie Frühstück gemacht hätte. Es machte ihr nichts aus, wenn ich im Schlafanzug am Tische säße oder mir einen

Morgenmantel anzöge. Also tapste ich barfuß in die Küche, meine Hausschuhe hatte ich über den Dialog mit Helen nicht gefunden. Es duftete wirklich wunderbar in der ganzen Wohnung! Auf dem Küchentisch waren zwei Teller mit Besteck gedeckt und mitten auf dem Tisch stand eine Bratpfanne mit Rühreiern. Auf einem zusätzlichen Teller lagen braungebratene Speckstreifen, wie ich sehen konnte. Ich liebte Eier mit Speck zum Frühstück und hatte fast immer alles im Haus. Am liebsten schnitt ich mir die Speckstreifen selber von einem gut geräucherten, mageren Speck. Was aber so aromatisch duftete waren Pfannenkuchen, die sie auf einem Teller aufgestapelt hatte. Daneben standen ein Glas Orangenmarmelade und ein Glas mit Honig.

„Mein gütiger Gott, Helen", fuhr es aus mir heraus, „was haben Sie sich denn dabei gedacht, das ist doch verrückt!"

„Jetzt sind Sie doch sauer, weil ich an ihre Schränke gegangen bin und mir genommen habe, was ich glaubte zu brauchen. Es war ja alles da bis auf das Brot. Da hatte ich mir gedacht, ich mache eben Pfannenkuchen und dass ich die Eier für die Pfannenkuchen und das Rührei nähme", sie blickte etwas verschämt zu Boden.

„Nein, nein, wie kann ich denn sauer oder böse mit Ihnen sein. Sie haben es ja doch wirklich gut gemeint. Ich finde es toll, was Sie gemacht haben Helen, aber ich bin es eben schon lange nicht mehr gewohnt, wenn sich jemand solch eine Mühe für mich gemacht hat", versuchte ich sie zu beruhigen. Sie schaute auf und es erschien wieder dieses schöne Lächeln in ihrem Gesicht.

„Um mich hat sich auch schon lange nicht mehr jemand gekümmert. Entschuldigung, das ist mir rausgerutscht!" Bevor ich etwas sagen konnte, fuhr sie fort: „Na dann setzten wir uns einfach und lassen es uns hoffentlich schmecken."

Es war einfach angenehm, wieder einmal in Gesellschaft zu essen und noch dazu in so einer hübschen. Wir plauderten über Belangloses und tauschten uns aus darüber, was wir mit dem Tag anfangen wollten. Helen versuchte mir ihre schwierige Situation zu erklären, aber ich wiegelte ab und bestimmte, wir sollten jetzt erst einmal in Ruhe frühstücken und dann hätten wir den ganzen Tag Zeit, über all das zu reden, was sie in diese momentan prekäre Lage gebracht hatte. Sie schaute mit niedergeschlagenen Augen auf ihren Teller und antwortete mir mit leiser Stimme, die ich kaum verstehen konnte: „Das Wort ‚momentan' ist eine Beschönigung meiner Situation. Seit einiger Zeit geht bei mir alles schief, und das ist nicht alles meine Schuld!"

Eine paar Tränen kullerten ihr die Wange herunter. Weinende Frauen machen mich immer ein wenig hilflos. Ich stand schnell von meinem Stuhl auf, ging um den Tisch herum zu ihr hin, um die Situation zu retten. Ich legte meine Hände auf ihre Schultern und sagte aufmunternd: „Heute ist kein Tag um traurig zu sein, Mädchen. Wir werden uns nachher, wie ich versprochen haben, über alles unterhalten. Ich werde zuhören und sie können mir alles sagen, was sie wollen. Es ist bei mir gut aufgehoben und ich werde es niemanden weiter erzählen. Wenn ich ihnen vertrauen kann, dürfen Sie auch noch bei mir bleiben, vorausgesetzt, Sie lügen mich nicht an! Also, jetzt essen wir erst einmal auf, nachdem Sie sich so viel Mühe gemacht haben. Vielleicht finden wir ja für das eine oder andere ihrer Probleme eine Lösung."

Zurück auf meinem Platz am Tisch langte ich noch richtig zu und als ich zu ihr herüberschaute, sah ich wie ein leichtes, fragendes Lächeln über ihr Gesicht huschte. Sie wischte sich mit einem Taschentuch über das Gesicht, um die Tränen zu entfernen, schenkte uns Kaffee nach, wobei sie sich weit über den Tisch lehnen musste. Sie bemerkte meinen Blick, der unbeabsichtigt auf dem Ausschnitt landete. Sie errötete ein wenid, lehnte sich schnell wieder zurück und entschuldigte sich. Dabei griff sie sich an den Ausschnitt ihrer Bluse, als wollte sie ihn zusammen ziehen.

„Wofür entschuldigen Sie sich denn? Doch nicht dafür, dass Sie eine schöne Frau sind, und in den Augen der Männer, wie ich einer nun mal bin, sehr anziehend und attraktiv sind?"

„Sie ist hübsch, sehr hübsch", dachte ich und empfand ihre Anwesenheit wirklich als außerordentlich angenehm.

Wir frühstückten zu Ende und als Helen beginnen wollte, den Tisch abzuräumen, meinte ich nur, wir hätten dazu später noch genug Zeit und sollten uns lieber für einen Spaziergang fertigmachen. Helen wollte natürlich wissen, wohin wir gehen würden, aber ich sagte ihr nur, sie würde es früh genug erfahren.

Wir machten uns beide ausgehbereit und gingen hinunter in die Tiefgarage zu meinem Auto.

„Ich hätte gedacht, ein wohl situierter Mann, wie Sie führe ein dickeres Auto, als einen Mittelklasse-PKW", meinte sie, als sie in den Wagen einstieg.

„Ach wissen Sie, Helen, ich muss nichts mehr beweisen. Dieser Wagen ist bequem, mit allem, was ich so zum Beispiel brauche. Es hat Klimaanlage, Sitzheizung, Navi und vor allen Dinge einen guten angepassten Sitz, den ich extra bestellt habe. Ich fahre schon lange nicht mehr schnell und sportlich, weil ich meinem Geld nicht böse bin. Außerdem fahre ich längere Strecken sowieso mit öffentlichen Verkehrsmitteln."

„Hört sich vernünftig an. Wo fahren wir hin?", fragte sie noch einmal, aber ich entgegnete nur, sie solle sich überraschen lassen.

Nach kurzer Fahrt kamen wir am Hauptfriedhof an. „Wir sind da, meine Liebe. Aussteigen!"

„Was machen wir hier, Gerd? Wollen wir das Grab eines Angehörigen oder Freundes besuchen?"

„Kommen Sie einfach mit Helen. Ich erkläre Ihnen gleich, warum wir hier sind. Einen kleinen Moment noch an Geduld."

Als wir durch das mächtige klassizistische Tor des Hauptfriedhofs schritten, öffnete sich vor uns eine andere Welt in der hektischen Stadt. Was für ein Tag! Erst jetzt bemerkten wir, wie schön der Tag war; strahlender Sonnenschein und kaum ein Wölkchen am blauen

Himmel. Wir durchquerten den weiten Vorhof, der wie eine große grüne Wiese aussah, übersät mit leuchtenden gelben Löwenzahnblüten, aber ich wusste, dass dies der anonyme Friedhof war. Bei einem vorherigen Besuch hatte ich davor gestanden und mir ein anonymes Grab als Alternative zu einer Friedwaldbestattung vorgestellt.

Worauf ich hinaus wollte, was ich Helen zeigen wollte, war die eigentliche, sehr schöne parkähnliche Anlage mit den zum Teil sehr schönen Grablegungen zwischen den Bäumen. Als wir in den Hauptgang einbogen und vielleicht 100 Meter gegangen waren, fragte ich Helen, ob sie etwas bemerkte. Sie aber fragte zurück, was sie bemerken sollte, außer den Gräbern links und rechts des Weges.

„Was hören Sie Helen?"

„Ich höre nichts Besonders …. Moment mal, es ist ruhig hier. Man hört die Stadt kaum mehr!", rief sie aus und ich erklärte ihr, warum ich im Grunde immer wieder gerne hier zum Friedhof kam, der im wahrsten Sinne des Wortes ein Ort des Friedens und der Ruhe war. Auch forderte ich sie auf, die Schönheit der parkähnlichen Anlage auf sich wirken zu lassen. Nach einigen Augenblicken des Schweigens und stummen Betrachtens der vielen schönen alten Bäume, Ziersträucher und Blumen auf den Gräbern, lenkte ich unsere Schritte zu einer der vielen Nischen mit Bänken zwischen den Sträuchern, auf die wir uns setzten. Überall duftete es nach Rosen, die auf den Gräbern wuchsen, nach Linden, die in voller Blüte standen, und nach Jasmin. Jasmin sollte eigentlich nicht bei uns gut wachsen, aber der Duft ist unverwechselbar, stark und etwas süßlich. Wer Jasmin nicht mag, bezeichnet den Duft auch als aufdringlich.

„So meine Liebe, dies ist ein Ort fern der Hektik, ein Ort der Ruhe und Einkehr, und für viele einsame Menschen auch ein Ort der Besinnung auf das, was einmal war und was vielleicht sein könnte. – Nun erzählen Sie mir mal, wie Sie denn in diese missliche Lage geraten sind!"

Was nun folgte, war die Geschichte einer Abfolge von Zurückweisungen, übergangen worden sein und auch versuchter sexueller Übergriffe. Sie hatte Betriebswirtschaftslehre studiert, recht schnell nach einem guten Abschluss einen interessanten Job in einem Produktionsbetrieb gefunden und sich auf Organisation und Produktionsabläufe spezialisiert. Als Frau wurde sie trotz guter Leistungen bei Beförderungen übergangen und Kollegen, die ihr allerdings „nicht das Wasser reichen konnten" bevorzugt. Genau genommen hatte sie geglaubt, einen lieben Menschen gefunden zu haben, verließ für ihn ihren letzten gut bezahlten Job, zog mit ihm zusammen in einer anderen Stadt und wurde bitterlich betrogen. Letztlich allein und im Unglück zurückgelassen. Eines Tages, der gut angefangen zu haben schien, eröffnete ihr Freund, mit dem sie ja zusammen wohnte, er werde sie noch am gleichen Tag verlassen, um in einer anderen Stadt einen besser bezahlten Job anzunehmen. Er hätte sich nur nicht getraut, ihr dies schon früher mitzuteilen und hätte es Tag um Tag aufgeschoben. Er packte einen Koffer, verabschiedete sich flüchtig und versprach sich gleich zu melden, wenn er angekommen wäre. Das war das letzte, was sie von ihm persönlich zu hören bekam. Er rief nicht an, und sie wusste nur wage, wo er war.

Zwei Wochen später bekam sie einen Brief, den sie voller Ungeduld noch im Treppenhaus aufriss. Der Brief kam von ihm und er bat seine persönlichen Sachen zu packen, die ein Bekannter in einigen Tagen abholen würde. Er bedauerte auch, den Dauerauftrag für die Miete gekündigt zu haben, da er sich keine zwei Mieten leisten könnte. Sie war wie vor den Kopf geschlagen. Nicht nur das Materielle erschien ihr als Problem, aber was hatte sie getan oder nicht getan, dass der Mensch, den sie geliebt hatte und von dem sie dachte, er erwiderte ihre Gefühle, sie so kalt und gefühllos bei Seite schob. Nichts, aber auch gar nichts hatte darauf hingedeutet, dass es eine Störung zwischen ihnen gab.

Die materiellen Sorgen brachten sie allerdings sehr schnell in Schwierigkeiten, als sie das zweite Mal die Miete schuldig bleiben musste. Sie erhielt eine Mahnung, dann beim dritten Male wurde die Kaution einbehalten. Danach folgte der völlige Absturz. Keinen Pfennig mehr in der Tasche für die täglichen Bedürfnisse, der Gang zum Sozialamt. Weil es ein Erstantrag war, bekam sie keinen Vorschuss und keinen Mietbeitrag, weil die Wohnung auf ihren Freund eingetragen war. Sie schlug sich ein paar Tage bei einer Tafel durch, damit sie etwas zu essen hatte, aber dann kam sie zu der Wohnung und ihre Reisetasche stand vor der Tür, das Schloss war ausgewechselt.

„Nach zwei Tagen auf einer Parkbank und Benutzung öffentlicher Toiletten, haben Sie mich dann in der Kneipe angetroffen. Jetzt haben Sie eine Obdachlose am Hals. Ich bin Ihnen unendlich dankbar, für die Nacht eine anständige Bleibe zu haben, Duschen zu können und etwas zu essen zu bekommen."

„Helen, hören Sie mir zu. Ihr Dank freut mich, weil heute zu Tage vieles einfach hingenommen wird. Ein ‚Danke schön' reicht mir als Entgelt! Wir werden für Sie eine Lösung finden, o.k.? Sie können bei mir bleiben, bis wir etwas für Sie gefunden haben."

„Was muss ich dafür tun? Ich bin nicht zu allem bereit, soweit bin ich noch nicht!", sagte sie, wie mir schien ein wenig zornig. Ich versicherte ihr, dass ich keinerlei Art Gegenleistung irgendeiner Art von ihr verlangen würde, aber ich bat sie, das Gästezimmer und sich sauber zu halten.

„Ist das ihr Ernst? Meinen Sie das wirklich und ehrlich, Gerd?", fragte sie beinah ungläubig und schaute mich in einer Weise an, die mich berührte. Hatte diese junge Frau tatsächlich gedacht, ich würde unmoralische und verwerfliche Dinge von ihr fordern, damit sie bei mir weiterhin Unterkunft hätte?

„Ja das ist mein voller Ernst!"

Ich schaute sie an und nickte, obwohl mir selbst ein wenig bange war bei dem Gedanken, was noch alles werden könnte. Da nahm sie meine Hand in ihre und legte sie an ihre Wange.

„Sie sind ein guter Mensch. Danke Gerd!"

Ich zog meine Hand schnell fort und sagte, als die ersten Tränen die Wange herunter kullerten, dass ich keinen Dank wolle und mir wünsche, wir gingen jetzt zur Tagesordnung über. Wir verließen den Friedhof und ich bemerkte mit Freuden, dass sie mit regelrecht beschwingtem Schritt neben mir herging. Wir fuhren nach Hause, kauften in dem türkischen Laden um die Ecke, was wir für das Abendessen benötigten.

Es folgten ein paar schöne Wochen mit Helen, die mir aus Dankbarkeit den Haushalt führte, obwohl ich dies nicht von ihr verlangte oder wollte. Sie würde mich nicht betrügen oder belügen und deswegen hatte ich ihr ein wenig Geld gegeben, damit sie sich vernünftige Bekleidung kaufen konnte. Weiterhin gab ich ihr eine Art Haushaltsgeld zur Verwendung für notwendige Einkäufe für meinen Haushalt. Es war eine Freude, sie aufblühen zu sehen und wie sie sich um alles kümmerte. Sie kaufte ein, kochte, wusch und putzte. Morgens weckte sie mich mit einem Kaffee. Wenn ich von der Arbeit kam, war der Tisch gedeckt und sie hatte stets etwas Gutes und Schmackhaftes gekocht, als wenn sie meine Gedanken gelesen hätte. Dann bestand sie darauf den Tisch abzudecken und das Abspülen selber zu besorgen. Wir schauten zusammen Nachrichten im Fernsehen, sprachen darüber und diskutierten die aktuell berichteten Ereignisse. Ein außenstehender Betrachter hätte uns vielleicht für ein altes Ehepaar halten können, mit der Ausnahme dass er keinen Austausch von Zärtlichkeiten zwischen uns gab, selbst wenn Helen ab und zu ihren Kopf an meine Schulter legte, wenn wir zusammen Fernsehen schauten. Ich ließ sie gewähren, da es nichts Besonderes oder Intimes bedeutete. Gerne gestattete ich ihr diese kleine Vertraulichkeit, ihre Gesellschaft tat mir gut.

Wahrscheinlich hatte ich sie oft überfordert, wenn ich sie mit meinen Monologen über Geschichte und Evolution, eines meiner Lieblingsthemen, vielleicht langweilte. Jedenfalls vermutete ich es. Sie tat mir einfach gut! Es war ein Zeichen des Vertrauens, eventuell Ausdruck für ein Gefühl der Geborgenheit, die ich ihr momentan bot.

In dieser Zeit war ich auch damit beschäftigt, sie bei der Suche nach einer vernünftigen Arbeit zu unterstützen. Und so hatte ich mich umgehört, ob jemand eine tüchtige Betriebswirtschaftlerin brauchte, die gute Kenntnisse in Organisation hatte. Endlich hörte ich von einem Bekannten und Berufskollegen in meinem Netzwerk, dass in Norddeutschland in einem Werk für die Herstellung von Komponenten, im Innenausbau von Fertigbauten, eine Stelle in der Disposition zu besetzen war. Ich telefonierte mit dem Geschäftsführer, den ich allerdings nur flüchtig kannte, der aber mit meinem Namen und meiner Firma etwas anfangen konnte, und erhielt den Bescheid, dass sich Helen bei ihm möglichst kurzfristig vorstellen sollte. Ich machte gleich für Helen einen Termin fest ohne sie vorher zu fragen. Ich wollte sie mit der guten Aussicht überraschen ....

Wir saßen beim Abendbrot, als ich ihr eröffnete, ich hätte eine Überraschung für sie. Ich beschrieb ihr die Firma und die vakante Position so gut ich konnte.Die Überraschung war mir gelungen, denn sie wurde blass und dann überzog eine Röte ihr Gesicht, die ich nicht zu deuten mochte. War es Zorn darüber, weil ich sie nicht gefragt hatte?

Aber meine Befürchtung war unnötig. Alles was sie erstaunt sagte, war: „So schnell? Gleich schon zum Anfang der Woche? Und wie komme ich dahin?"

„Mit der Bahn. Du bekommst die Fahrkarte von mir." Wir waren inzwischen zwanglos beim „Du" angekommen, Ich merkte sie wollte widersprechen, doch ich sagte ihr bestimmt, dass ich keine Widerrede dulden würde. Ansonsten wisse ich nicht, wie sie sonst zu dem Vorstellungstermin kommen solle, da ich sie an dem Tag nicht hinbringen könne. Die Zugfahrt würde in etwa 3 Stunden mit dem ICE dauern.

Als der Tag der Abreise kam, gab ich ihr vorsorglich noch ein wenig Geld, denn die Interviews könnten sich durchaus hinziehen. So hätte sie die Möglichkeit, in einem Hotel zu übernachten. Ich bat sie mir Bescheid zu geben, aber um eine Nachricht, falls sie noch einen Tag bleiben müsse, oder ob sie eventuell noch nachts zurückkäme. Zusätzlich gab ich ihr einen verschlossenen Briefumschlag für den Geschäftsführer mit einer Referenz, in dem ich mitteilte, ich stünde voll und ganz hinter der Überbringerin und könne nur das Beste über sie zu berichten. Falls könne er mich auch persönlich anrufen, dann würde ich gerne Auskunft und Rechtfertigung über die Zeiten der Arbeitslosigkeit geben. Helen hatte ich ein bisschen gebrieft, nur ungefähre Angaben über die Gründe für ihren Jobverlust zu machen und warum sie bei mir wohne. Etwas mulmig war mir schon dabei, diese Blankoreferenz abzugeben, aber mein gutes Gefühl, dass sie mich nicht entäuschen würde, überwog letztlich.

Sie reiste früh morgens ab, rief aber am Nachmittag an und berichtete mir atemlos, dass sie noch am Abend wieder zu Hause wäre. Das klang komisch, wie sie sagte „zu Hause"….

Ich stellte Sektgläser und den Sektkühler auf den Tisch, setzte mich in meinen Lieblingssessel, las in einem Buch und wartete. Gegen 21 Uhr ging die Haustür auf, sie hatte ja einen Schlüssel. Ich war kaum aus meinem Sessel aufgestanden, da lief sie auf mich zu und flog regelrecht in meine Arme! Ich drückte sie an mich und sagte ihr, wie stolz ich auf sie wäre und ich hätte gewusst, sie würde es schaffen. Beinahe hätte ich sie im Überschwang der Freude richtig geküsst, aber ich bremste mich, so blieb es bei einem Küsschen auf die Wange. Ich legte meinen Arm um ihre Hüfte und schob sie in die Küche.

Wir holten den Sekt aus dem Kühlschrank, immer noch Arm in Arme – nebenbei bemerkt war es ein eleganter Weißburgundersekt aus der Pfalz, der keinen Vergleich mit einem guten Champagner zu fürchten hätte. Ich schenkte ein, bat Helen Platz zu nehmen und erst einmal mit mir auf diesen ersten kleinen Erfolg zu trinken. Wir stießen an und schon nach dem ersten Schluck überschlug sich Helen regelrecht dabei, mir vom Empfang in der Firma und den Interviews des Tages zu berichten.

Zuerst hatten sich der zuständige Abteilungsleiter und dann der Personalmanager mit ihr unterhalten. Alles geschah im Plauderton, indem man ihr die Anforderungen an die Position schilderte. Auf die Fragen, warum sie glaube, die richtige Person für die Position zu sein, hatte sie wahrheitsgemäß geantwortet, dass sie es nicht 100 prozentig wissen könne. Aber sie bringe Fähigkeiten und Erfahrungen mit, die es ihr sicherlich erlauben würden, nach einer Einarbeitungszeit, den Anforderungen gerecht zu werden. Als letztes führte der Geschäftsführer nur ein kurzes Gespräch mit ihr, und indem er Bezug auf die vorhergegangenen Interviews nahm und mit einem Lächeln erklärte, dass beiderseits das Notwendige gesagt worden sei, um beurteilen zu können, wie er es ausdrückte, „wir es miteinander aushalten könnten." Er bat sie dann, im Flur noch eine Weile Platz zu nehmen, weil er Rücksprache mit den anderen Herren nehmen wollte, mit denen sie vorher gesprochen hatte. Schon nach wenigen Minuten ging seine Tür wieder auf und er bat sie persönlich zu sich herein. Nachdem sie sich gesetzt hatte, erklärte er kurz und bündig, dass er sich in einer ungewöhnlichen Situation befände, da er keinen Sinn in weiteren Interviews sähe.

Helen rutschte in dem Moment das Herz in die Hose und sie hörte kaum noch, was er als nächstes sagte; es war als wäre sie taub geworden. Dann drangen seine Worte in ihr Bewusstsein und die Benommenheit wich. Es käme nicht oft vor, sagte er, für eine Einstellung nach ersten Gesprächen keine Risiken zu sehen, und deshalb schlage er ihr eine Anstellung vor, sobald sie sie antreten könne. Den folgenden notwendigen Papierkram überließe er dem Personalmanagement, gab er ihr zu verstehen. Der Vertrag ginge ihr per Post zu, und für eine halbes Jahr Probezeit brächte man sie in einer

Pension unter. – Helen war zu aufgeregt, und sie vergaß nach dem Gehalt zu fragen.

„Also meine liebe Helen, wir sprechen uns hier in einem internationalen Konzern mit den Vornamen an", hatte er gesagt und fuhr fort, die Details, auch das Gehalt, sollten anschließend mit der Personalabteilung besprochen werden. Er freute sich auf die Zusammenarbeit und dann entschuldigte er sich, denn andere Termine würden seine Anwesenheit erfordern; so hatte er es gesagt; damit war sie vom Chef entlassen.

Zunächst war sie ein wenig düpiert darüber, da er so kurz angebunden war, aber in den zwei Stunden darauf, in denen der Vertrag aufgesetzt wurde, war sie wie benommen vor Glück, dass sie kaum fassen konnt. Schließlich hatte sie es nur noch eilig mich anzurufen und mir zu sagen, dass sie noch am gleichen Tag zurückkäme. Über diesen letzten Satz ihrer aufregenden Schilderung war ich irgendwie besonders glücklich.

Die Flasche Sekt war ausgetrunken. Ich sagte es wäre Zeit ins Bett zu gehen, stand auf und wandte mich zum Gehen, aber Helen stand ebenfalls auf, kam auf mich zu und fiel mir um den Hals.

„Gerd, Gerd", sagte sie, „du kannst dir nicht vorstellen, wie glücklich ich bin. Ich habe keine Vorstellung, wie ich dir für alles danken soll? Seit langer Zeit habe ich wieder Boden unter den Füssen und eine reelle Perspektive für meine weitere Zukunft. Danke dir!" Und dann landete ein dicker schmatzender Kuss auf meiner Wange. Ich machte mich aber sofort los und verschwand einigermaßen gerührt in meinem Zimmer.

Es war wohl nicht allzu lange nachdem ich eingeschlafen war, dass ich im Halbschlaf davon aufwachte, dass jemand neben mir im Bett lag und sich an mich anschmiegte. Glaubte ich eine warme Hand läge auf meinem Bauch oder träumte ich? Halb schlafend halb wach dachte ich, dass Sotiria wieder einen Versuch unternähme, mich zu verführen. Ich murmelte immer noch schlaftrunken abwehrend: „Nein, nicht Sotiria, lass es bitte!"

„Ich bin nicht Sotiria und ich lasse es auch nicht!", flüsterte eine Stimme in mein Ohr. „Du hast mir so viel gegeben und hast von mir nichts im Gegenzug gefordert. Zu keiner Zeit, die ich bei dir sein durfte, hast du meine Situation versucht auszunutzen, im Gegenteil. Dafür werde ich dir ewig dankbar sein! Ich kann dir deine Großzügigkeit nicht vergelten. Alles was ich habe, das bin ich. Jetzt werde ich mich dir schenken, nur diese Nacht. Nur diese eine Nacht. Hörst du?"

„Helen bitte, das geht doch so nicht. So soll es nicht sein!" Mehr konnte ich nicht sagen, und sie sagte auch nichts mehr, denn ihr Mund verschloss meinen Mund.

Nach dieser Nacht, wachte ich zunächst etwas benommen auf, bis mir klar wurde, dass das, was passiert war, nicht einer meiner Wunschträume gewesen war, die ich ab und zu von Haris hatte. Das Bett nehmen mir war leer, aber benutzt. Ich fühlte mich großartig und doch schlich sich in meinem Hinterkopf eine Art schlechtes Gewissen ein. Hatte ich Haris betrogen? Nein, ich hatte sie nicht betrügen können, weil wir nicht zusammen waren! Als Sotiria sich mir hingeben wollte, hatte ich sie wie verrückt begehrt, weil sie so eine attraktive junge Frau war und ich in der Situation kaum einen klaren Gedanken fassen konnte. Aber ich hatte sie zurück gewiesen, weil ich denken musste, sie wäre meine Schwester, und einfach nur auf ein bloßes Abenteuer mit ihr wollte ich nicht eingehen. Haris liebte ich und liebe sie noch immer, aber ich hatte nicht versucht mit ihr zu schlafen, weil ich sie geachtet hatte.

Helen liebte ich nicht, aber ich mochte sie und empfand eine gewisse Anhänglichkeit für sie. Aber ich empfand nach dieser Nacht eine Menge Dank für ihre kompromisslose Zuneigung und Hingabe, aber fühlte auch ebenso eine große Zärtlichkeit. Keinen Moment war mir der Gedanke gekommen, dass ich Haris betrog. Wie auch, wenn zwischen uns nichts weiter als tiefe Zuneigung bestand, dass wir einander liebten, ohne je zusammen sein zu können?

Warum sollte ich also ein schlechtes Gewissen haben? Ich fühlte mich phantastisch nach alle den Jahren, nachdem mich meine Frau verlassen hatte, und ich mit keiner Frau seitdem mehr zusammen gewesen war? Ich war emotional in ein tiefes Loch gefallen, und echte und tiefe Gefühle hatte ich seitdem nur für Haris entwickelt. Niemand konnte mir vorwerfen, dass nach der langen Zeit der Entbehrung von Geborgenheit und sexueller Befriedigung, eine attraktive junge Frau wie Helen mich in ihren Bann gezogen hatte? Und natürlich war da auch ein Gefühl der Eitelkeit, stellte ich bei der Vorstellung fest, wenn ich denn mit dieser schönen jungen Frau an meiner Seite in der Öffentlichkeit unterwegs war; zum Beispiel in einem Restaurant, im Theater oder einfach nur bei einem Spaziergang in der Stadt. Was würden meine Mitarbeiter denken, die mich vielleicht mit ihr in der Stadt sahen? Sie würden sicher staunen. Allerdings war das nur ein Bild meiner Fantasie, denn bis zu diesem Augenblick hatte ich noch keineswegs konkret so über Helen und mich nachgedacht.

Der Abschied rückte näher, die Nacht wiederholte sich nicht, und wir verhielten uns, als ob nichts geschehen wäre.

Ich brachte Helen zum Bahnhof. Nach dieser Zeit mit ihr, und der aufregenden Nacht, fühlte ich mich beklommen und auch war ich ein wenig traurig, weil sie nun fortführe. Als wir schließlich am Bahnhof ankamen und gerade die Treppen zu den Bahnsteigen herauf steigen wollten, blieb Helen stehen und forderte mich auf, sie alleine zum Zug gehen zu lassen und sie streckte mit ihre Hand entgegen.

„Auf Wiedersehen, geh' jetzt bitte Gerd! Wir sollten keine große Szene aus unserem Abschied machen. Die letzten Minuten auf dem Bahnsteig zu warten, täte mir sicherlich unsäglich weh. Du bist so großzügig gewesen und du warst so gut zu mir, und das, ohne irgendeine Forderung an Gegenleistungen an mich. Es ist gut, wenn ich jetzt gehe oder gehen muss. Ich hätte mich mit der Zeit wahrscheinlich in dich verliebt."

„Aber Helen, was wäre denn daran so schlimm gewesen?", fragte ich sie und hielt immer noch ihre Hand fest.

„Lass mich jetzt gehen. Ich hätte dich geliebt, aber du hättest mich niemals so lieben können, wie ich dich. Diese Frau aus Griechenland hätte doch immer zwischen uns gestanden!"

„Aber.....", wollte ich widersprechen, doch sie meinte nur, es sei genug gesagt.

„Adieu, Gerd! Ich werde immer an dich denken!"
Das war alles was sie noch sagte, entzog mir ihre Hand und stieg die Treppen herauf, ohne sich noch einmal um zu drehen.

Ich stand ein, zwei Minuten ratlos herum. Dann entschloss ich mich zu gehen. Ich schaute mich noch ein paarmal um, weil ich dacht, sie würde sich vielleicht doch noch einmal nach mir umdrehen. Aber das tat sie nicht.

*

Als ich wieder nach Hause kam, merkte ich zum ersten Mal, dass die Wohnung leer war, was ich früher so nie empfunden hatte. Die Abwesenheit Helens oder eines anderen Menschen war körperlich spürbar. Nun war da eine aufdringliche Stille. Die Stille war ohrenbetäubend! Ich hatte mich nie einsam gefühlt, auch nicht nach der Trennung von meiner ersten Frau. Das bedeutete nicht, ich genügte mir selber. Und hatte ich Lust auf Gesellschaft, so fand ich diese in der Firma und abends in der Kneipe. Obwohl ich alleine lebte, war ich doch insgesamt recht glücklich oder besser gesagt, zufrieden gewesen.

Doch jetzt nach der Zeit mit Helen, spürte ich plötzlich die Leere, die ich bislang nie bewußt wahrgenommen hatte. Fehlte mir vielleicht die physische Nähe Helens, obwohl wir kein Paar gewesen waren? Zum ersten Male, wie ich es eventuell in meinem ganzen vergangenen Leben nicht erlebt hatte, beschlich mich ein Gefühl des Einsam seins. Am Tisch beim Abendbrot, beim Fernsehen, aber erst recht, als ich ins Bett ging und niemand mir „eine gute Nacht" wünschte, fühlte ich das Alleinsein fast unangenehm. Ich hatte mich an unsere Gespräche am Morgen und abends nicht nur gewöhnt, sondern freute mich jedes Mal auch darauf. Nach vielen unserer Gespräche, aber auch Diskussionen, war es offensichtlich, dass Helen eine sehr intelligente junge Frau war. Und vielleicht lag ja auch darin zum Teil ein Grund für ihre Situation. Schwache Männer wollen keine intelligente Frau an ihrer Seite und lehnen sie im Unterbewusstsein ab. Es muß nicht, aber kann irgendwann wegen einer Nichtigkeit zur Eruption der unterdrückten Emotionen kommen, die auf einem Minderwertigkeitsgefühl beruhen.

Viel ging mir durch den Kopf, wie ich mir am Morgen das Frühstück selber bereitete: „Hätte ich Helen nicht so schnell gehen lassen sollen? Hätte ich mich nach einiger Zeit an ihre Anwesenheit nicht nur gewöhnt, sondern hätte ich sie schätzen gelernt, so dass ich eventuell auch gelernt hätte sie zu lieben? Hätte, hätte, hätte!" Ich schlug mir an den Kopf. Es stimmte ja, wie ich aus Erfahrung im weitesten Verwandtenkreis besonders auf dem Land wusste, auch Vernunftehen und arrangierte Ehen glücklich sein konnten. „Was zum Teufel wollte ich denn eigentlich? Nicht mehr allein sein, oder …?", dachte ich.

Den Gedanken konnte ich nicht zu Ende bringen, weil vor meinem geistigen Auge das Bild einer Frau erschien. Eine Frau von der ich mir nichts sehnlichster wünschte, als dass sie bei mir wäre. Ich schob abrupt den Stuhl vom Tisch zurück und stand auf. Nachdem ich innerlich rastlos einige Minuten einfach nur regungslos vor dem Tisch gestanden hatte und mir all die irrationale Gedanken durch den Kopf gingen, konnte ich die Tiefe des Lochs ermessen, in das ich emotional gefallen war.

Jetzt steckte ich gefühlsmäßig in einer richtig schweren Krise, das musste ich mir eingestehen.Ich hatte mir nicht richtig klar gemacht, wie bedingungslos ich Haris liebte. Traurig zwar, doch bedenkenlos war ich aus Athen abgereist und hatte sie einfach dort zurückgelassen. Alle Überlegungen bezüglich einer möglichen Verbindung mit ihr hatte ich aus moralischen Gründen weit von mir geschoben. Der Gedanke quälte mich, dass Haris sich vielleicht genauso fürchterlich fühlte wie ich mich, nachdem ich sie in dieser emotional schwierigen Situation einfach im Stich gelassen hatte. Eventuell war das der Grund, warum sie nicht versucht hatte, mit mir Kontakt aufzunehmen und auch nicht auf meine Briefe geantwortet hatte. Ganz ehrlich musste ich mir gestehen, dass meine Briefe eher nichtssagend gewesen waren und in ihnen nichts stand, was ich für sie fühlte. Über die üblichen Floskeln und Fragen nach ihrem und dem Befinden ihrer Mutter, war ich nicht hinausgekommen. Ich traute mich nicht, über Gefühle zu schreiben und dahingehend konkrete Fragen zu stellen. Auch musste ich jetzt, da ich wieder allein war, immer wieder auch an Sotiria und ihre letzten Worte denken, als wir uns verabschiedeten.

Es musste etwas geschehen, entschied ich. Also holte ich mein Telefon von der Vitrine im Flur, lief auf und ab und versuchte sowohl Sotirias, wie auch Haris Telefonnummer in der Kontaktdatendatei des Telefons zu finden. Dann endlich stieß ich auf Sotirias Nummer, Haris war nicht gespeichert. Sofort wählte ich … es läutete endlos, ohne dass jemand am anderen Ende der Leitung abhob. Ich habe versucht es immer wieder, jedoch ohne Erfolg.

Nach zwei Wochen etwa gab ich es auf. Ein paar Mal hatte ich noch versucht, im Internet in den ‚Gelben Seiten' von Athen Haris Telefonnummer zu finden, um auch diese vergeblichen Versuche am Ende aufzugeben.
Langsam kehrte ich zur Normalität zurück. Die Tage verliefen wie alle im immer gleichen Rhythmus:. Ich ging zur Arbeit und ab und zu in die Kneipe zu meinem Freund Bernd, der mir Ratgeber und auch wie ein Beichtvater war.

Allmählich verschwamm auch Helens Gesicht und Erscheinung in meiner Erinnerung, obwohl sie mir von Zeit zu Zeit ein paar Zeilen schickte, wie es ihr ging. Dieses Vergessen tat mir irgendwie gut, denn ich fand zu meiner gewohnten inneren Ruhe zurück. Nur eines blieb lebendig, Haris Bild in meinen Wunschvorstellungen.

Eines Tages passierte etwas, von dem ich nie geglaubt hätte, es könnte geschehen. Und das krempelte mein ganzes Leben um.

Es läutete. Als ich die Tür öffnete, hörte ich, wie jemand die Treppe herauf kam. Auf den Anblick, der sich mir bot, war ich wirklich nicht gefasst. Eine Frau kam da auf mich zu, gekleidet in einem durch und durch nassen Trenchcoat, und aus ihren Haaren tropfte das Regenwasser auf den Boden. Ich erkannt sie nicht. Und dann stockte mir fast der Atem.

Mit der rechten Hand hielt sie, oder besser gesagt, zog sie sich die Treppe herauf. In der linken Hand trug sie eine Reisetasche, die genauso nass war, wie sie selbst. Ein schwaches Lächeln begleitete die Geste ihrer Hand, als sie mir zuwinkte und sich die nassen Haare aus dem Gesicht strich. Eine letzte feuchte Strähne, die ihr noch über dem Gesicht hing, blies sie mit spitzem Mund fort:
„Grüß dich Gerd, guten Abend, da bin ich, darf ich reinkommen?"

Meine Verwirrung, meine Überraschung konnte ich nicht in Worte fassen, und so stammelte ich mehr, als ich sprach: „Grüß dich auch Haris. Was... machst du denn hier?"

Ich und es fiel mir für den Moment nichts Intelligenteres ein, was ich hätte sagen können, so sehr war ich von ihrem Anblick überrascht. Atmete ich noch? Etwas schien mir die Brust zuzuschnüren. Was sollte ich tun? Lieber auf Distanz bleiben? Am liebsten wäre ich die wenigen Schritte, die uns trennten, auf sie zu gestürzt. Warum war sie überhaupt hier? So viele Gedanken rasten mir durch den Kopf, so dass ich kaum mehr klar denken konnte.
„Darf ich reinkommen, bevor ich mir den Tod hole?" fragte sie noch einmal.

„Ja natürlich bitte, selbstverständlich", stammelte ich und trat an meiner Wohnungstür beiseite. „Komm doch herein."

Da stand sie. War wirklich da. Keine Fatamorgana, keine Wunschvorstellung. Sie stand da in ihrem nassen Mantel, unter dem ihr blaues Kleid hervorlugte, das ich so besonders schön an ihr fand.

Sie ging an mir vorbei in die Diele, streift dabei meine Schulter, eine Berührung, die mich elektrisiert zusammenzucken ließ. Wie oft hatte ich mir genau dieses Ereignis vorgestellt, wie es sein würde, wenn wir uns wieder berührten? Ich fasste immer noch nicht, dass das nun real passierte. Sie blieb mitten in der Diele stehen und ließ die Tasche fallen, wo sie stand. Ich bringe kein Wort über die Freude heraus, die ich in meinem Gefühlschaos spüre, so sprachlos macht mich ihr unerwartetes Erscheinen.

Trotz der Nässe ihres Kleides, und ihres Gesichtes nahm ich ihren herrlichen Duft war, als sie an mir vorbeigegangen war. Ich spürte das schmerzliches Verlangen, sie in die Arme zu nehmen, doch ich ries mich zusammen.

„Woher kommst du, warum kommst du?", fragte ich ein wenig dummerweise.

„Gleich, gleich. Warte! Ich muss mich erst ein wenig abtrocknen."

Sie schaute kurz auf ihre Tasche und ließ dann den Mantel von den Schultern gleiten. Dann schaute sie mich an, machte einen Schritt auf mich zu und warf sich mir regelrecht an die Brust. Und nahm sie samt ihrem nassen Kleid fest in meine Arme, streichelte ihr über ihr nasses strähniges Haar und ihre Schulter. Ihr Kopf lag an meiner Brust, und wir atmeten synchron, eng umschlungen, und ich dachte, so sollte es immer sein.

Haris löste sich aus meiner Umarmung.

„Wo ist das Bad? Darf ich es benutzen? Und hast du ein Handtuch für mich?"

„Ja natürlich. Zweite Tür rechts. Handtücher liegen auf der Waschmaschine. Nimm dir bitte, was du brauchst."

Haris ging ins Badezimmer, und ich stand noch da wie angewurzelt. Immer noch nicht ganz klar zu denken, ging ich endlich in die Küche und füllte Wasser in den Kocher, um einen Tee auf zu brühen. Ich hantierte noch mit den Teebeuteln und dem Geschirr als ich ihre Stimme hörte: „Wo bist du Gerd?"

„Hier in der Küche, geh bitte in die Wohnstube, ich komme gleich zu dir mit Tee." Ich brühte den Tee in der Kanne auf und nachdem ich alles, was man brauchte, auf ein Tablet gestellt hatte, ging ich zu ihr.

Sie stand mitten im Raum und hatte sich meinen Bademantel angezogen. „Du siehst hinreißend aus", entfuhr es mir.

„Was ist gerissen", fragte sie und zog die Bademantelaufschläge enger zusammen.

„Da ist nichts gerissen", lachte ich und erklärte ihr, dass es eine Redensart sei, ‚hinreißend auszusehen'. „Du siehst wunderbar aus. Dich so unerwartet zu sehen, haut mich fast um."

„Ich hoffe, du hast nichts dagegen, dass ich mir deinen Bademantel ausleihe, aber ich habe wirklich nicht viel dabei, dass ich jetzt tragen könnte."

„Natürlich nicht, setz dich doch", sagte ich und bot ihr einen Tee an. Sie beachtete den Tee aber nicht und blieb vor mir stehen.

Ohne ein Wort zu sagen nahm ich sie in die Arme. So standen wir eine Weile Wange an Wange. Ich streichelte ihr über ihr Haar, das immer noch ein wenig nass war.

„Ich musste kommen, um dir zu sagen, wir gehören zusammen, komme was da wolle. Ich will bei dir sein, bei dir bleiben. Nein, ich muss, ich muss!"

Es war als ob ihr die Stimme versagte, als sie dies sagte. Ihre Stimme klang rauh. Dann hob sie den Kopf und schaute mir mit festem Blick in die Augen und legte mir beide Hände sachte auf die Schultern.

„Verstehst du nicht. Es ist, als ob ich mein ganzen Leben darauf gewartet hätte, jemanden wie dir zu begegenen. Wie eine Bestimmung.

Wir wollen zusammen bleiben, ja? Niemand kann und wird uns daran hindern können. Niemand kann uns auseinander bringen!"

„Was ist mit Sotiria, und was sagt deine Mutter dazu, dass du bei mir bist?"

Roúla hat mir zugeredet und Mutter weinte, als ich vorschlug, zu dir zu fahren, weil wir nichts mehr von dir gehört hatten. Sie weinte so schrecklich, dass mir fast das Herz vor Schmerz zerspringen wollte Du weißt, sie darf sich doch nicht so schrecklich aufregen, haben die Ärzte gesagt."

„Nun, was hat sie gesagt."

„Sie war dagegen! Sie meinte es seien schon so viele in unserer Familie durch unerfüllte Liebe unglücklich geworden, daher sollte ich versuchen, für mich einen anderen Weg zu finden. Im Grunde genommen sei es eine große Sünde, mit seinem Halbbruder ein Verhältnis zu haben, vom Verbot ganz zu schweigen!"

„Aber jetzt bis du hier!"

„Mutter ist gestorben", sagte sie knapp.

„Was ist passiert?", fragte ich. „Ich gebe zu, ihr schien es nicht gerade besonders gut zu gehen, als ich sie das letzte Mal sah, aber ich dachte, sie wäre zwischenzeitlich auf dem Weg der Besserung."

„Sie starb an Herzversagen. Du hattest mitbekommen, was für eine schwache Konstitution sie hatte. Trotzdem, sie hatte ein schönes Alter und doch wohl auch im Großen und Ganzen ein schönes und zufriedenes Leben gehabt. Hast du denn Roúlas Brief nicht bekommen? Wir mussten annehmen, dass du nichts mehr mit uns zu tun haben wolltest.

Wir haben alles versucht, um deine Adresse heraus zu finden. Sowohl über das Hotel, wie auch über deine Bekannte im Museum." Die Adresse vom Hotel muss wohl eine alte Adresse gewesen sein, die nicht mehr gültig ist."

Ich schaute Haris fragend an: „Einen Brief habe ich nie bekommen. Das ist unmöglich! Wie hast du mich denn dann überhaupt gefunden? Ich stehe nicht einmal im Telefonbuch."

Jetzt war es an Haris erstaunt zu schauen: „Einige Zeit bevor ich los gefahren bin in Athen, habe ich im Internet noch einmal deinen Namen mit den Hinweisen aus dem Museum gegoogelt und fand deinen Namen im Zusammenhang mit einer Firma. Ich nahm an, es wäre der Name *deiner* Firma. So hatte ich Adresse dieser Firma und Telefonnummer, und rief an. Aber die Dame, die ich unter dieser Nummer erreichte, fragte mich, in welcher Angelegenheit ich dich sprechen wollte. Als ich ihr sagte, es sei eine private Angelegenheit, weigerte sie sich, mich durchzustellen. Ich erklärte ihr dann, dass es sich um einen Todesfall im griechischen Teil deiner Familie handele, was ja nicht vollständig gelogen war. Da rückte sie mir deine private

Telefonnummer heraus, und mit Rückwärtssuche fand ich schließlich deine Adresse.

„Das war schlau. Also was soll denn nun werden? Du bist hier und ich freue mich wirklich riesig, glaube mir bitte. Ich bin so glücklich dich zu sehen!", rief ich heraus.

Bei meinem letzten Wort stürzte Haris auf mich zu und ich schloss sie in meine Arme. Wir hielten einander ganz fest und ich spürte die Wärme ihres Körpers. Ein wunderbares, ein zärtliches, allerdings auch ein potentiell gefährliches Gefühl übermannte mich fast. Ich wusste ja nicht, was werden sollte!

„Was soll denn nun werden?", wiederholte sie, als wenn sie Gedanken lesen konnte: „Was soll denn wohl schon werden? Warum bin ich zu dir gekommen? Wir werden ganz zusammen sein und wie Mann und Frau leben, wenn du mich immer noch willst!" Im letzten Teil des Satzes schwang ihre Angst, ihre Sorge, ja regelrechte Verzweifelung und eine flehentliche Bitte mit.

„Haris, ich will nichts lieber, als dass du bei mir bleibst und wir zusammen sind – egal was kommt, was immer auch sei!"

„Ich heiße laut Geburtsurkunde Chariklia Chrisantopoulos und man ruft mich Haris! Mein Vater ist Georgios und meine Mutter Eleni Chrisantopoulos!", rief sie fast mit bewegter Stimme und griff dabei nach meinen Händen, die sie festhielt. Dabei ging ein Ruck durch ihren Körper, und sie stand in einer straffen Pose vor mir, wie ich sie von ihr eigentlich noch nicht gewohnt war. Etwas provokativ, vielleicht übertrieben, wenn nicht in dieser Situation doch glaubhaft angebracht. „Mein Vater ist offiziell Georgios Chrisantopoulos und niemand sonst, hörst du! Ich wüsste auch keine Person, die noch etwas anderes behaupten könnte. Die Moral und das Gesetz müssen vor der Tür bleiben, wenn wir zusammenbleiben wollen! Aber noch etwas muss ich dir sagen, bevor wir uns gänzlich festlegen, von nun an zusammen sein zu wollen. Ich will und kann deine Geliebte sein. Auch deine Freundin und vieles, aber ich will nicht alles mit dir teilen. Ich will mich nicht vollständig auf dich projizieren, und du sollst dich nicht nur auf mich projizieren. Verstehst du, was ich sagen will? Vielleicht habe ich es falsch in Deutsch ausgedrückt, dann sag es mir."

„Nein, du hast dich klar ausgedrückt, Haris mein Herz. Du bist zwar bereit mir Sachen zu kochen, die du nicht magst, aber du kochst sie mir, obwohl du selber sie nicht magst. Nur, es darf nicht zur Regel werden!"

„Kannst du nicht einen Moment ernst bleiben? Es ist mir wichtig, das klarzustellen, dass du das verstehst!" Sie hatte meine Hände losgelassen und trommelte mit ihren Fäusten gegen meine Brust.

„Liebe Haris, ich habe ein Bild gebraucht! Du hast Recht, es soll so mit uns und zwischen uns sein, wie du gesagt hast!"

Sie trat einen Schritt zurück, nahm eine Tasse und schenkte sich einen Tee ein. Während sie den Tee schlürfte, schaute ich ihr zu und erst jetzt begann ich richtig zu begreifen, dass ich in dieser Stunde vielleicht mein Lebensglück gefunden oder wiedergefunden hatte. Ich musste diese Gelegenheit, diese Chance bar jeglicher Vernunft festhalten, vielleicht auch ein wenig meinen Verstand verlieren.

Haris stellte ihre Tasse auf den Tisch und kam noch einmal auf mich zu, legte mir ihre Arme um den Hals, zog mich ganz nah zu sich heran und küsste mich ganz sanft auf die Lippen, dann flüsterte sie immer noch mit ihren Lippen auf den meinen: „Morgen mein lieber Gerd, morgen werde ich dir sagen und werde ich dir zeigen, wie sehr ich dich liebe. Aber nicht heute, nicht heute Abend und nicht diese Nacht. Ich bin so froh, dich endlich wiedergefunden zu haben." Dann hielt sie mich mit beiden ausgestreckten Armen spielerisch von sich zurück, wobei sie den Kopf in den Nacken warf.

„Und wo darf ich heute Nacht schlafen?", fragte sie.

„Wenn du schon mal da bist, und ich nicht nur von dir träumen muss, dann schläfst du bei mir in der Schlafstube in unserem zukünftigen gemeinsamen großen Bett", antwortete ich ihr.

„Versprich mir, du lässt mich mich wirklich schlafen", erklärte sie mit einem glucksenden Lachen: „Und wenn es diese eine letzte Nacht ist!"

Ich versprach es, ebenfalls mit einem Schmunzeln und ging ihr voraus, um ihr die Schlafstube am Ende des Flures zu zeigen. Ich dankte Gott im Stillen, als ich die Türe öffnete, weil das Bett ordentlich gemacht und das Zimmer aufgeräumt war. Es gab nichts zu beanstanden und ich ging an den Wandschrank und nahm für Haris einen Pyjama heraus.

„Er wird dir ein wenig zu groß sein, aber du kannst ja die Ärmel aufrollen. Morgen kaufen wir dir was passendes und was du sonst so noch brauchst. Ich lass dich jetzt allein und warte im Wohnzimmer, bis du dich fertig für die Nacht gemacht hast. Ist das in Ordnung?"

„Auf welcher Seite des Bettes schlafe ich?", wollte sie wissen.

„Überrasch mich doch, wenn ich auch zum Schlafen komme, mein Schatz!", erwiderte ich und zwinckerte ihr zu.

„Warum sagst du überraschen?"

„Das war eine witzige Bemerkung, Haris."

„Gut, das kannst du mir dann morgen erklären", damit kam sie zu mir auf meine Bettseite herüber und gab mir einen Kuss auf die Wange. Für einen Augenblick setzte mein Herzschlag aus. „Nur nichts falsch machen jetzt!", mahnte ich mich selbst. Aber, bevor ich irgendetwas falsch machen konnte, sagte sie zu meiner unglaublichen Erleichterung nur: „Ich werde und muss jetzt schlafen gehen. Kali nichta!"

Auch ich wünschte ihr eine gute Nacht und fügte noch hinzu, dass sie gut schlafen möge. Dann entfernte ich mich schnell aus der Schlafstube. Ich war froh, mich zusammen gerissen zu haben, aber es war klar, die Situation hatte ein paar Minuten vorher eine immense

Versuchung dargestellt, alle meinen geheimen Gedanken, die ich im geistigen Umgang mit Haris hegte, in die Tat umzusetzen.

Ich ging zunächst wieder in das Wohnzimmer und nahm aus der Bar im Wandschrank ein Glas und goss mir einen großen Schluck Whisky ein, bevor ich mich in einen Sessel setzte. Es war schwer einen klaren Gedanken zu fassen, indem ich zwar versuchte einen klaren Kopf zu bekommen, aber immer wieder den Drang verspürte, wenn auch nicht Haris zu wecken, so doch noch einmal nach ihr zu schauen.

Meinen Gefühlszustand kann man nur schwer beschreiben: einerseits ein inneres Jubeln und drängendes Gefühl der Freude, dann aber auch ernste Gedanken, wie ich, wie wir mit dieser Situation richtig umgehen sollten. Ich durfte das, was ich glaubte verloren zu haben, nicht durch unbedenkliches Handeln wieder in Frage stellen oder gar für immer zu verlieren. Wir brauchten Zeit und Geduld!

Auch ich ging nach einiger Zeit schließlich ins Schlafzimmer, nachdem ich mich im Bad für die Nacht fertig gemacht hatte. Haris hatte ihre nassen Kleider ordentlich auf den Wäscheaufhänger an der Wand zum Trocknen aufgereiht und ich konnte nicht verhindern auch ihre Unterwäsche zu sehen. Ich schon jeden Gedanken daran, wie Haris darin aussah, schleunigst beiseite. „Eine Frau im Haus", dachte ich plötzlich, und das wird nicht einfach werden nach der langen Zeit, in der ich nur meine Einsamkeit um mich hatte und machen konnte, was ich wollte. Sicherlich ein dummer Gedanke, als ob mir erst jetzt Haris Anwesenheit richtig bewusst geworden wäre.

Als ich in die Schlafstube eintrat, lag Haris auf der rechten Bettseite, fest eingerollt mit der Bettdecke bis an die Nasenspitze. Mit einem kleinen zärtlichen Gedanken notierte ich, Haris hatte rücksichtsvoll auf meiner Bettseite die Nachttischlampe eingeschaltet. Ich schlüpfte ins Bett unter die Bettdecke, neigte mich zu Haris, küsste sie ganz sachte auf die Stirn und streichelte ihr über das Haar.

„Es ist so schön, und ich bin so froh und glücklich, dass du zu mir gekommen bist! Schlafe schön mein Schatz!" Die aufsteigenden Emotionen schnürten mir fast die Kehle ab und ich konnte den letzten Teil des Satzes nur noch flüstern. Ein bisher nicht gekanntes Gefühl der Zärtlichkeit durchflutete mein Inneres, und ich strich ihr vorsichtig mit meiner Hand über ihre Wange, um sie nicht zu wecken. Ich schaute sie lange an, wie sie da lag, die Bettdecke bis fast über das Ohr gezogen. Selbst das wenige, was jetzt noch von ihr zu sehen war, der Teil ihres Gesichtes, ihr Haar, schienen mir wunderschön.

Haris murmelte im Halbschlaf etwas auf Griechisch. Am nächsten Tag würde sie mir es übersetzen: „ Ich mag dich sehr gern und ich liebe dich, das solltest du wissen! Ich musste dich wiedersehen und ich will nicht mehr ohne dich sein. Die ganze Zeit, seitdem du uns verlassen hattest, habe ich immer an dich gedacht und der Gedanke an dich hat mir Nacht für Nacht den Schlaf geraubt! " Auf Deutsch fuhr sie leise fort: „Wir werden nicht und dürften auch nicht in der Kirche heiraten können!"

Ich flüsterte ihr leise ins Ohr, mein Mund an ihrer Wange: „Komme was wolle, mach dir darüber keine Gedanken. Wir werden ganz sicher heiraten, sei bitte versichert!"

Sie murmelte nur noch: „Ich hätte so gern mit dir zusammen eine richtige Familie, auch mit Kindern!"

„Wir werden eine richtige Familie sein, wie jede andere Familie auch und niemand wird unser kleines Geheimnis erfahren. Wir werden sogar Kinder haben, wenn du dir es wünscht. Es werden unsere eigenen sein, wenn auch nicht von unserem Blut. Aber Kinder, die wir lieb haben werden wie eigene, und sie werden mit uns zusammen eine Familie sein können. Das verspreche ich dir."

Ich hatte keine Vorstellung, wie prophetische meine Worte klangen. Dann fuhr ich fort und ich kann nicht sagen, ob sie meine letzten Sätze noch hörte, die ich ihr ins Ohr flüsterte und ihr dabei einen Kuss auf die Wange hauchte: „Ich freue mich so, dass du bei mir bist und auch darauf, neben dir morgen früh aufzuwachen. Morgen, morgen mein Liebling, glaube mir, beginnen wir zusammen ein neues Leben!"

Draußen dämmerte bereits der Tag herauf. Haris hatte so tief und ruhig geschlafen, dass sie sich die ganze Nacht nicht bewegte. So schlummerte sie noch immer in meinen Armen.

Hierher nun hatte mich meine griechische Reise geführt. Eine Reise, die völlig anders verlief als geplant. Aber so ist es mit manchen Wegen, auf die man sich begibt: Wenn das Schicksal etwas anderes vorhat, lenkt es die Schritte in die richtige Richtung.

Ich lächelte ein wenig amüsiert ins Dämmerlicht hinein, das sich zwischen den Vorhängen in unsere Schlafstube drängte. Die Liebe, tiefe Zufriedenheit und Dankbarkeit für das große Glück meines Lebens durchströmten jede Faser meines Körpers. Schwerer und schwerer schien ich in die Kissen zu sinken, und endlich bemächtigte sich ein seliger Schlaf meines Bewusstseins.

EN D E